行走记忆

林 强

北方文艺出版社

图书在版编目(CIP)数据

行走记忆 / 林强著. —— 哈尔滨：北方文艺出版社，2021.3
　ISBN 978-7-5317-4886-1

　Ⅰ.①行… Ⅱ.①林… Ⅲ.①散文集 – 中国 – 当代②诗集 – 中国 – 当代 Ⅳ.①I217.2

中国版本图书馆 CIP 数据核字(2020)第 171569 号

行走记忆
XINGZOU JI YI

作　者 / 林　强

责任编辑 / 李正刚　　　　　　封面设计 / 力扬文化

出版发行 / 北方文艺出版社　　网　址 / www.bfwy.com
邮　编 / 150008　　　　　　　经　销 / 新华书店
地　址 / 哈尔滨市南岗区宣庆小区 1 号楼
发行电话 / (0451) 86825533

印　刷 / 成都兴怡包装装潢有限公司　　开　本 / 880mm×1230mm　1/32
字　数 / 260 千　　　　　　　　　　　印　张 / 10.375
版　次 / 2021 年 3 月第 1 版　　　　　　印　次 / 2021 年 3 月第 1 次印刷

书　号 / ISBN 978-7-5317-4886-1　　　定　价 / 59.00 元

前　言

那时我们都还年轻

1987年，我和林强结识不久，相约着一起去正在初建的冰川与森林景区海螺沟。一年前，林强和我都机缘巧合，分别在海螺沟还未提上开发日程时去过那里，也都从不同的角度帮助推动对那片沉睡美景的旅游开发，以期能让当地纯朴的乡民摆脱贫困，过上好日子。

仗着自己身体好，我们两个人都选择了不骑马，步行进山。本来我以为自己已经去过两次，比林强对当地更熟。哪知一走进山里，每路过农家，无论是在田里劳作的，还是在院坝做竹编的乡民，几乎每一位都会停下手里的活计，直起身，与"林老师"打招呼，让我们进屋喝茶或者吃饭。想一想就知道，林强此前虽然也只去过两次，但他一定不是坐着县上派的汽车，一路冒烟飞驰而过的；而是一步一步，慢慢走进这座千百年来从未为外人所知的雪山脚下的小村落，与乡民们一户一户地拉家常、交朋友，成为他们眼中尊敬的"林老师"。老师是当地最有知识的人，也是当地人当时所能想出来的最大的尊称。

那天进山的路上，正碰上一户人家的小男孩生急病，发高烧，上吐下泄。当时的海螺沟山区没有医疗救助机构，去镇上就是一次长途跋涉。我们取出随身带的药，让孩子马上吃下去。林强说："咱们多坐一会儿，看看娃娃的情况再走吧。"就这样，我们在两个多小时后，看到孩子退了烧，也没有再拉肚子，又留下三天的药，才安心上路。

十几公里之外才是我们当天的宿营地，两个小时的耽搁，就意味着要在山里摸黑前行，至少要多走很长时间。林强的选择很简单，仅仅是单纯的关心——对一个陌生的山里孩子。

几年之后，我们又一起去西藏，他拍照，我收集资料。在从江孜返回日喀则的路上，有几处独特的景色，出发前一晚，我俩就去找到第二天那辆大巴车司机，请他在林强需要拍照的地方小停一下，车上的乘客也正好活动手脚。司机同意了。

第二天路上，第一次停车就令那台旧车熄火，怎么也启动不了。司机望向林强，把长长的铁制摇把拿给他："下车，用摇把发动。"那一路，每停一处，林强和我摇一回，那么高的海拔，摇那么大的汽车发动机，很累。但林强一个拍摄点都没有错过，哪怕一次又一次摇到疲惫不堪，直喘粗气。他的选择同样出自简单的理由：他爱大自然，他爱摄影。

从三十多年前开始，摄影的同时，林强就在不间断地把所见所闻所思写下来，我也读过其中很多篇。我问他："这些随笔很好呀，你为什么不整理成一本书，和你的摄影作品正好互为印证。"他总是说自己写得不够好，文字不够美。这也是基于他简单的选择：

要把更美的东西拿给外人，不耽误别人时间。我再也没有提起过这事，已经好多年了。

终于，我俩都不再年轻了，但我们之间的友谊完全没有随着岁月而消散，甚至像那种越陈越香的老腊肉，有了近乎回顾人生的味道。在他经历了轰轰烈烈的荣誉之时，那种淡然、从容的应对与坚持，让更多的人看到了简单的坚守是有价值的。所以，他终于被出版社"逼"着把这么多的人生侧记拿出来，展示给大家了。

的确，按常规的标准评判，林强的文字免不了会有诸多地方被挑剔，但哪怕再被挑剔，他的文字中天然生成的爱、坚强、善良、忠诚，都是许许多多靠文字生活的人完全不具备的。因为，林强的文字向我们展示了文学的另一层意义，真诚是一种高贵的美感。

章东磐
2020 年 12 月于深圳

目　录
Contents

行　走　记　忆

PART 01　诗

- *003*　圣山之光
- *004*　湿地
- *005*　彩云之南
- *006*　草地
- *007*　慈悲应世
- *008*　达坂城
- *009*　高原措
- *010*　高原的宝藏
- *011*　高原天池
- *012*　贡嘎山
- *013*　胡杨赞
- *014*　花的世界
- *015*　黄龙听雪
- *016*　楼兰　楼兰
- *017*　泸沽湖

018	路边的女孩
019	老兵走了
022	露
023	罗平素描
024	绿叶
025	麦地
026	梅里雪山
027	母亲的种子
029	飘来的运气
030	日出
031	沙海
032	冰川
033	白沙湖
034	石山的泉泪
035	霜天
036	苏武牧羊
037	他是一面镜子
040	天地人
041	田湾河
042	雾
043	西出阳关
044	小草
045	心中的河
046	星星
047	训练场
048	央迈勇峰
049	雨点
050	雨后
051	原始森林
052	远方的村庄
055	在高原
056	在阿里
057	昭君出塞
058	追你上高原
059	走康定

PART 02 　散 文

- *063* 　一百三十万善款
- *067* 　白沙湖·胡杨树
- *070* 　拜访僜人首领阿罗松
- *073* 　背建材的小伙子
- *077* 　比世界屋脊更高的女人
- *080* 　兵之城
- *084* 　不让天堂般的美景消失
- *089* 　藏袍上的冰花

- *094* 　垂死的登山者遇上了世界上最坚韧的山民
- *101* 　大会堂的讲稿
- *105* 　大瓦山之行
- *110* 　戈壁之风
- *112* 　给钱智昌的信
- *116* 　我与陈老师的一次难忘旅行
- *123* 　国旗下的吉嘎老师
- *128* 　海螺沟
- *133* 　河坡藏刀
- *137* 　回龙坝上一卫士
- *141* 　她是第一个走出麻风村的姑娘

145	舅舅来了
147	军博收藏记事
151	葵花盛开的地方
157	琅勃拉邦的夏天
162	离天最近的村校
168	离天最近的哨所
171	留存的短信
175	旅行在高原
180	难忘的钟溪村
183	难忘那双美丽的眼睛
185	难忘在凉山吃的那顿年夜饭

187	且沙牛日的命运
190	清明节在家
194	摄影伴随我的四十年
197	圣山下的"慈子花"
202	石头房木雅寨
206	水音缥缈
208	探望老英雄巴姆
211	田湾河是一条梦中河
213	美丽的野山鸡
217	星芳桥与星芳校
220	退休后的吉嘎老师

225	望远镜
230	伟木村的笑脸
234	我记住了他们
237	我心中最美丽的体育场
242	我与阿聪尔聪
246	我与大运会
250	心中的天路
253	修车老汉白师傅
258	秀色让我流连忘返
261	悬崖上的标语
264	雪线上的孩子们
269	夜登二层山
272	影响我的三位老师
275	永远的牛牛坝
278	与死神比肩

281　只见过一面的颜菁女士
284　仲巴和帕羊
287　重回玉龙西
291　朱巴龙的乡亲没有忘记我们
294　住在天边的四川女孩

297　后　记

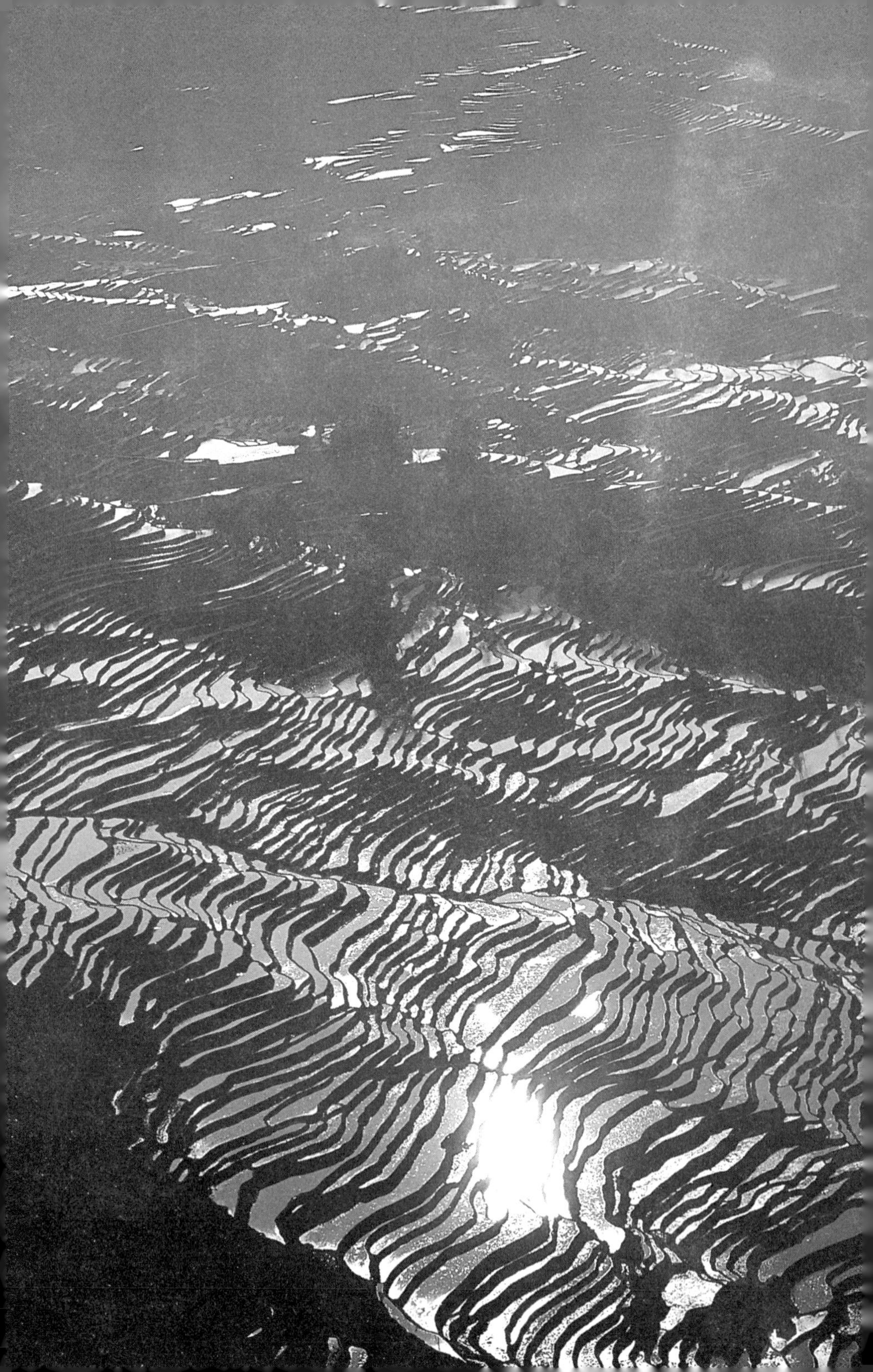

万亩梯田

"土法上马"阳光体育

高原彩虹

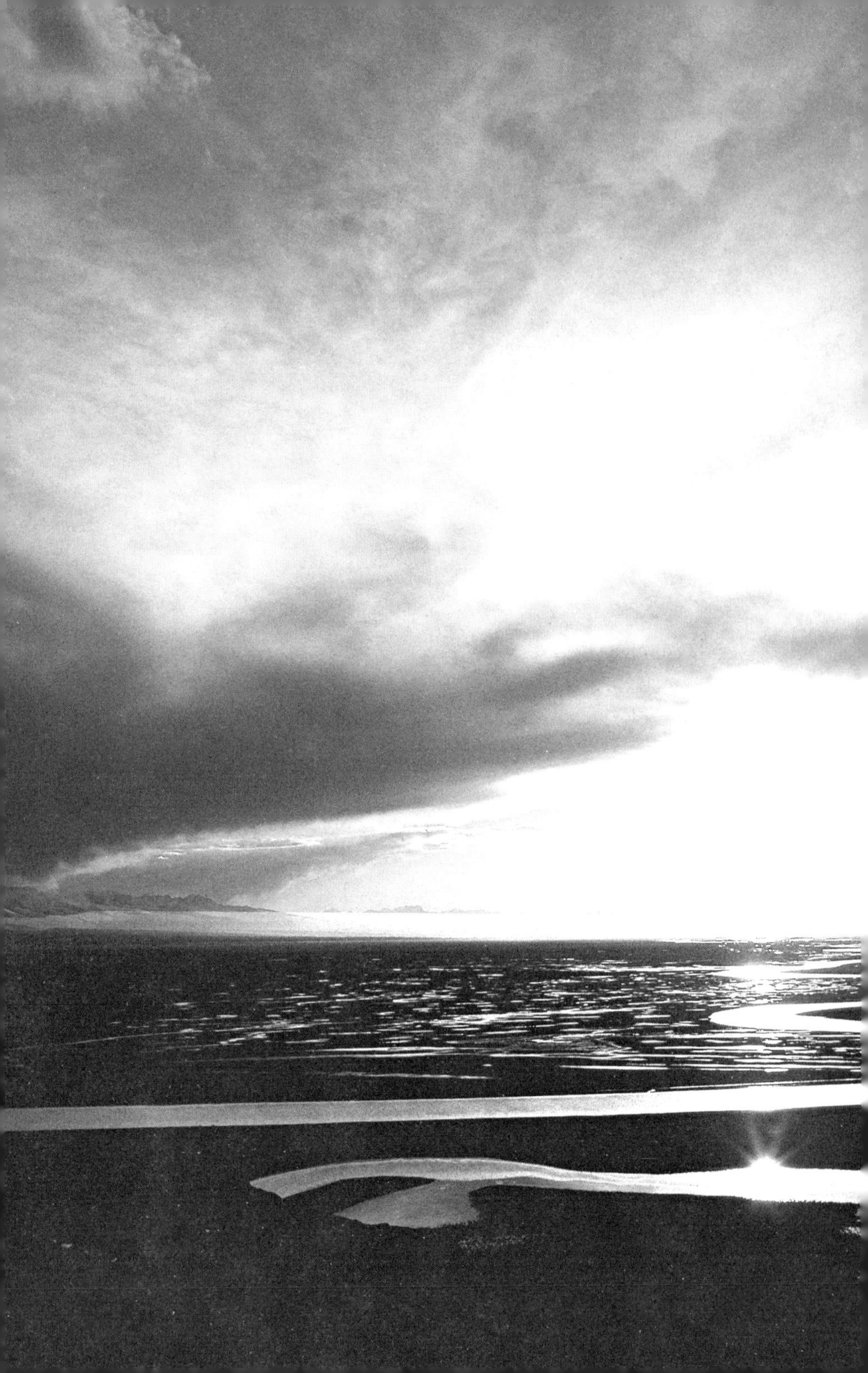

河上的云彩

胡杨

秋天的童话

静谧的山村

神秘的冈仁波齐

霜

水草

水影缥缈

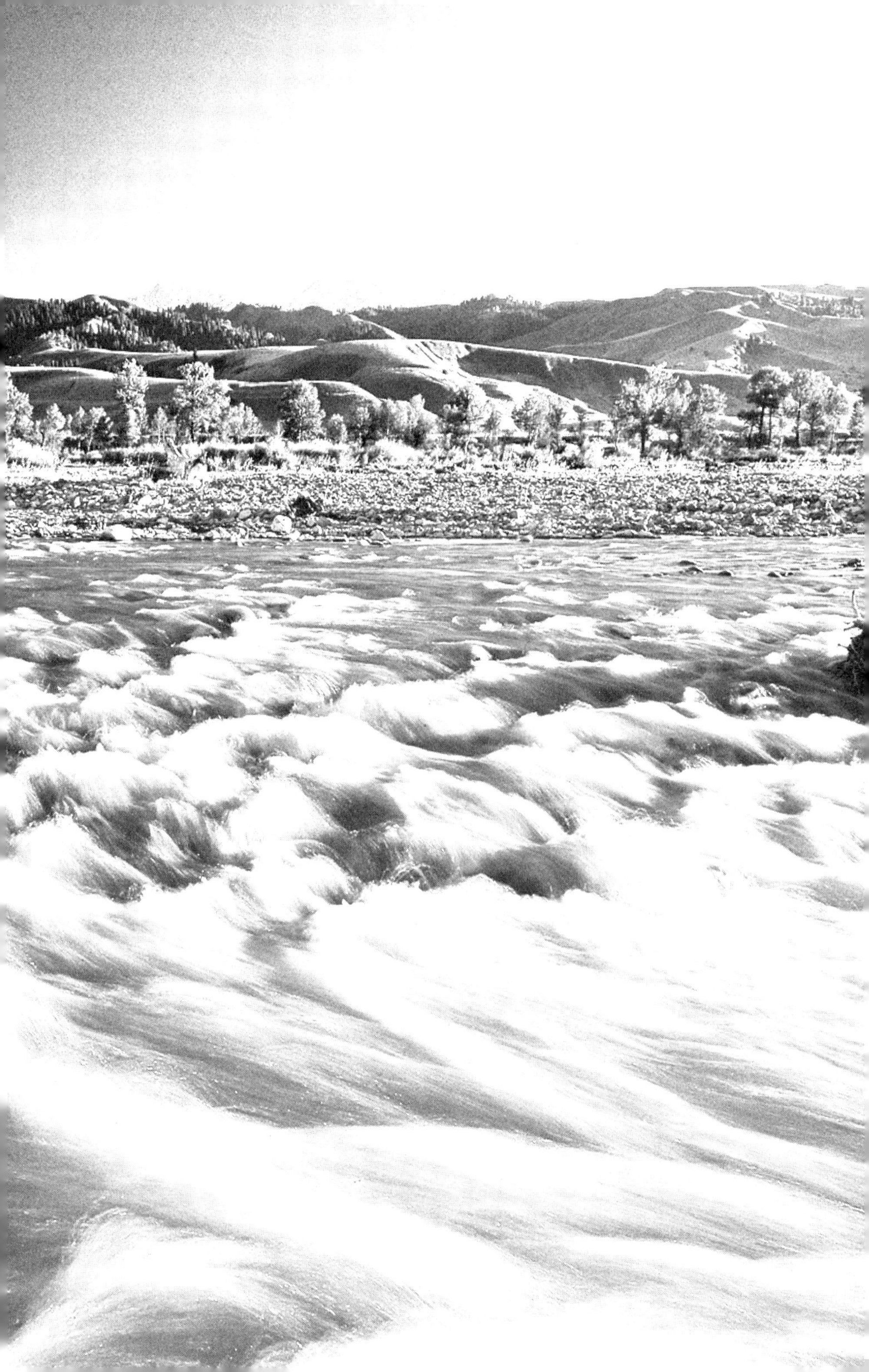

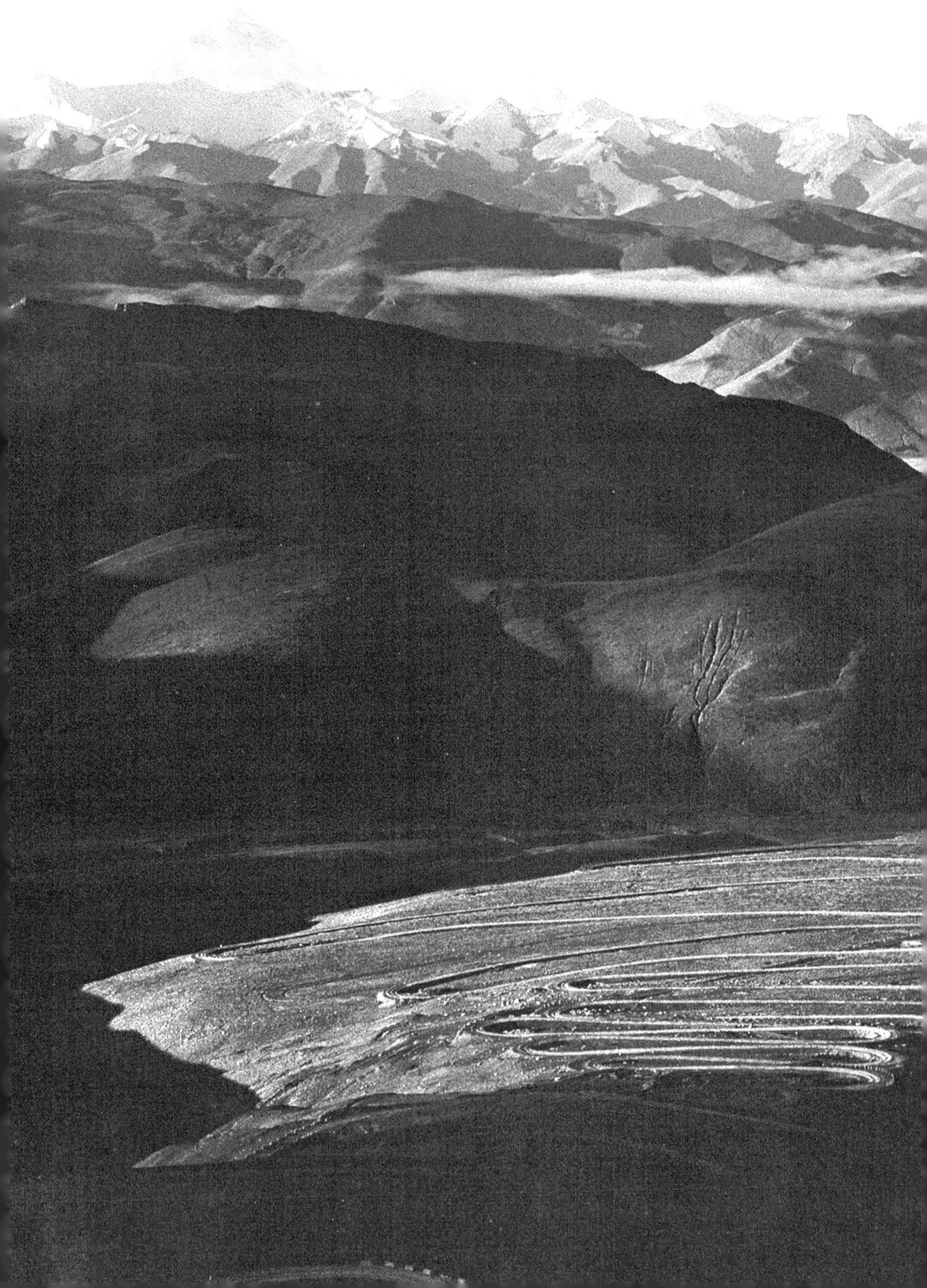

通往珠穆朗玛之路

走向贡嘎

诗 | PART 01

圣山之光

我站在月光下

等待着黎明

月亮把天空让给太阳

阳光给雪白的圣山披上了金色的袈裟

红云升腾霞光四射

仿佛佛祖在向我召唤

我如同虔诚的教徒合掌祈祷

自然的神奇造化

使我忘却按动相机的快门

双手合十　扎西德勒

1993 年 4 月

湿地

高处而来　在低谷行走
水的智慧可以推动一切潮流
而博大的爱来自对渺小的关注
那些雪花泉水以及草露
可能就是一条大河的源头
柔软地冲击　蜿蜒着突围
把居高临下的东西丢在身后
想到这些　我正凝视着这片湿地
云遮雾罩的雪莲正在开放
而深埋湿地的红军刀枪已经生锈

1997年9月

彩云之南

云南在哪里

在那斑斓的彩云之南

春雨里,花草像醒来的婴儿

大口地吸吮着乳汁

每天都看见带着露珠的笑脸

秋风里,带来温暖的火焰

成熟怀抱着丰收的喜悦

成双成对、成群成山都是色彩盛典

欢呼　雀跃　自由　和谐

所有的一切都是为守住仅有的爱恋

1997 年 10 月

草地

疾风劲草
更有霜天寂寥
当年一支红色的队伍
就从这里走过
前边堵截
后面追兵
而头上的五角红星
始终是一盏明亮的小灯
它点燃希望
凡是他们走过的地方
一茬又一茬的青春花朵
记住当年那些脚印

1989 年 10 月

慈悲应世
——为三百名藏族同胞重见光明而作

六根不静心能净，
游走四方身亦轻。

青灯古佛云雾绕，
慈悲应世净有心。

傲骨在喉一吐快，
快门频频写真情。

三百双眼重见日，
山河星云日月辉。

天地同胞一根生。
昨夜梦遇星云君。

注：星云——星云大师，2003年我赴台湾考察，有幸在佛光山与大师相识，2009年，大师得知我帮扶麻风村的事，亲书"慈悲、应世"条幅赠之鼓励。我将影展获得的三十万报酬捐赠给四川甘孜州慈善总会，用于白内障患者的治疗，让三百藏族同胞重见光明。

达坂城

以坎儿井的泉水浇你的瓜秧
以绿洲上的青草喂你的牛羊
用胡杨木打造你迎亲的马车
用红柳丛护住你田头的瓜果
一只手鼓扬起那一百里歌谣
一百条辫子旋动一千年舞蹈
最深的爱情长着最美的眼睛
最美的歌声献给最甜蜜的爱情

2002 年 9 月

高原措

高原上的措就是湖

纯净澄碧　一尘不染

清澈透底又深不可测

像父亲的胸怀，坦荡与包容

湖水像柔软的双手

梳洗你的长发

抚摸你的脸庞

像在母亲的怀里享受慈祥的温柔

2003 年 5 月

高原的宝藏

朋友告诉我

不去那片高原

就不知道白云的纯净

和蓝天的深奥

亲友告诉我

不和那里的康巴汉子交往

就不知道

什么叫纯朴善良和憨厚

一辈子也难得到心灵的宝藏

1992 年 5 月

高原天池

踏着古老的唐蕃古道

远处一面耀眼的镜子

不得不使我低下头

镜子里有蓝天白云牛羊和青草

有长长的马帮和带着铃声的牛队

有醇香的酥油茶和青稞酒

有舞动的藏袍和洁白的哈达

除了纷扰的红尘这里什么都有

这面神奇的镜子

说不定就是

盛唐文成公主与松赞干布

汉藏联姻的嫁妆

1998 年 10 月

贡嘎山

写这样的大山要先写到

最小的尘埃、岩石,无声的泥土

写到自然的绝笔胸中的块垒

天地之间那声浩叹和千载苍茫

从青草的白发到雪线上下的生死

还要写到沉潜的克制和突然的爆发

流岚夕光倏忽变幻的云彩

看这样的大山要先看到

冷峻的温情和铁一样坚硬的柔软

看到雪花坚冰的庇护、露水河流的拥戴

而站得最高看得最远的人往往没有翅膀

他只穿着一双普通的布鞋

1998 年 10 月

胡杨赞

浩瀚的荒漠

黄白色的沙土

生长着孤独、沧桑的胡杨

烈日　干旱　风沙　冰霜

扭曲嶙峋的胡杨

在不死的坚持中活着

一片云　一滴水　一丝微风

不朽的枯枝都会因此长出幼芽

没有什么比它们更为顽强

干涸的流沙也是泥土

它们活着　它们不死

举起一簇绿荫

以生命的奇迹

诠释着人间的传奇

1998 年 10 月

花的世界

这些孩子一样的花朵青草
结伴而行　像一次愉快的逃学
在去远方的路上
再有一些露水就看见春天的蝴蝶
再有一点风就追上夏天的蝉鸣
唱着歌拉着手边走边跳
再有几只牛羊就翻过青青山冈
再有几片白云就够着蓝蓝的天空
这些不谙世事的孩子
高举小手轻轻地挥动
又朝我悄悄喊了一声
消失在花的海洋

1996 年 5 月

黄龙听雪

几间客舍　一片湖水
雪落下来时　我不在这里
山在听雪　树在听雪
落下的雪听见自己的呼吸
黑听到白　早听到晚
雪花像白色的蝴蝶
在微风中轻轻地飘落
落在我的脸上
悄悄地给我问候
早安　我的朋友

1992 年 9 月

楼兰　楼兰

有名的三间房

遍地土坯和瓷瓦片

这些遗迹，望山去多远

就围来多近的沙砾、戈壁、大漠

千年热风吻过倒下的胡杨

一只蜥蜴权当古楼兰的信使

曾经的丝绸之路　如云的驼队马帮

细腰的女子轻轻一闪

三月春茶就斟满江南的陶器

罗布泊那边的水声传来

谁是如幻如梦的人

谁就会渴死在路上

1998 年 11 月

泸沽湖

像从远古走来

在湖边停车下来　静静等待

小伙子的情歌从远方传来

姑娘的心扉已悄悄打开

无语的相望也是相守

相爱的心留在湖边

林木偎依山峦

湖水倒映云彩

静止的奔跑也是追寻

古老的习俗传承世代

谁爱着谁　谁恋着谁

摩梭姑娘的心像湖水明澈清透

2002 年 10 月

路边的女孩

摊位就摆在水泥路边
身后是挂满小灯笼的橘园
橘子像被风吹红的脸
女孩静静地在竹筐旁边等待

渴盼一辆车的戛然而止
兴奋招手　快步迎前
心挪在下车人的脸上面
买主看着橘子不表态
是橘子还是女孩没成才
离去的背影　遥远的等待

夕阳挂在天边
竹筐里的橘子没有变
几只从头顶盘旋而过的鸽子
朝着一组炊烟飞去
地球又转了一圈
女孩还在水泥的路边

2008 年 10 月

老兵走了

葵花村的葵花
开了又谢
山坡上的小草
枯了又青
村口的老槐树
被一株老葛藤紧缠
数年风雨,越缠越牢
合体同生,面向夕阳
近日树干突然冒油
是血是泪往下淌

若干年前甘洛的河边
彝家姑娘心扉开
当兵的哥哥触了电
彝汉情缘众人盼
相爱生子甜蜜在人间

突然天崩心裂

天空漆黑一片

麻风病魔把她缠

要隔离要分开

男当牛郎女进山

周岁的娃娃望着天

不愿分离的分离

不怕死亡的哀痛

满脸泪水辞公职

抱儿伴妻进了山

一晃就是六十年

槐树见证苦难

泥土见证恩爱

树叶见证笑脸

岁月刀刀刻在心尖

构成了一幅又一幅的画面

甲子夫妻弓腰驼背牵手的场面

四代同堂儿孙的笑脸

还有那些没有被记录的画面

比故事里的故事精彩

惊悉九十二岁老兵离去

留下麻风康复的老伴

仿佛看见老兵七十年前的冲锋场面

仿佛见到老人独自站在老树前

找出那张佩戴军功章的敬礼像

打印树下牵手的照片

附上两千元

为了永远的纪念

    2019年7月写于冯万才老兵去世之夜

露

在月光下

露水无声无息

无影无形地凝聚着

静谧　安详　自然

一动也不动的绿色生命

静静地等待着朝阳的到来

月光下的露水

黎明的阳光

它们相互致意

以叶子说话　以花朵问答

并清新地记住又一个早晨

1989 年 10 月

罗平素描

停下来　这些一路奔波的大山
脱下寒衣　疲惫的心更需要安慰
大片大片的油菜花开始歌唱
谁听见　谁就是蜜蜂和蝴蝶
哦　格外的三月　格外的阳光
一觉醒来　就拥有了大地的金黄
喜欢　迷惑　加上一点小小的感动
这个春天　仿佛看到中国西部的希望

2003 年 4 月

绿叶

初春
叶子是花朵的请柬
是翠绿的阳光
是高原上最鲜艳的色彩
像青春年少的人总是走在前面
忘掉岁月曾有的蹉跎

1994 年 3 月

麦地

这支歌给六月的麦地
给田头不多的树荫和蝉鸣
给走远的马车和更远的村庄
隔夜的雨滴低声问过渠水
给那些弯腰的人多一些清凉
这支歌给饱满或干瘪的籽粒
给疲惫的柑橘和拾穗人的背影
给镰刀、麦茬,尖锐的疼痛
给劳累　给一生的守望和勤勉
直到他们微笑着抬头来
这歌声像一阵暖风从发梢掠过

1997 年 10 月

梅里雪山

山谷飘来阵阵冷香

诱人踏雪寻梅去

年年岁岁　岁岁年年

寻她千百回

冬至蜡梅金灿灿

新春红梅斜窗前

裹冰带雪含苞放

笑傲雪山怀里开

白云　雪山　梅林一片海

仿若八仙渡船来

朝看雪山群峰银蛇舞

暮观夕照梅山金龙飞

2002 年 5 月

母亲的种子
——纪念母亲逝世三周年、百周年诞辰

教书一辈子的母亲

终于把自己当作种子种进了泥土

种下一生苦难、劳累、贫寒

长出了敬业、善良、平凡

二十五岁金陵教学展风采

新旧替换,弃台入川

敬夫孝母,千里不远

四十年山间教学,薪火相传

穷家学生她最痛最爱

时常救济病时更暖

教导学生志存高远

教会学生立足平凡

母亲的种子有千有万

长在山河间　洒在五洲四海
种子的种子根枝相连
最终骄傲地回到了泥土间

2020 年 3 月 6 日

飘来的运气

多少人为名而活
我无心出了名
树起来的会随风而逝
留下的名字不是典型

麻风病人不看先进
吉嘎老师不论典型
记住是一件又一件事
留在心里是做事的人

飘起来的运气
面从容且淡定
喧闹重归平静
再现自由好奇之魂

2007年7月写于被授予"优秀共产党员"称号之夜

日 出

黎明

太阳从东边草场的尽头露出了脸

阳光

驱散了灰色的薄雾

草地

鲜绿草叶上露珠渐渐蒸发

帐篷

冒出乳液似的炊烟

牛羊

歌唱中献出了乳汁

朝阳

引导我踏上新的征程

1990 年 5 月

沙海

当狂风起舞时

黄白色的沙布满天空

它们扫荡　它们游走

它们把白天变成黄昏

无风的日子

重叠的沙海

在柔暖的阳光下

浮现出浅黄色的线条

那一个连一个的旋涡

那一波又一波的浪涛

它们在静止中涌动

把游人的心瞬间变成大海

1995 年 6 月

冰川

冰川

是一行行诗

是印象派画展

更像交响乐团在排练

那一个个冰洞、冰湖、冰门、冰梯

千姿百态鬼斧神工

仿佛是天上的玉柱或水下晶宫

多想长久地留在这里

以天爱地，以寒为暖

与冰永存

1987 年 10 月

白沙湖

吹过来　从沙丘那一边
吹过来的风歇下来
胡杨林、野芦苇不知名的水草
它们也歇下来悄声说话
用金子般的阳光，用绝尘的语言
向千里或千年的跋涉寻找
最美的爱常是突然产生的依恋
身前身后的风沙不去说了
我也想歇下来
像湖水中的鱼
褪去那些抵御伤害的鳞片

1998 年 10 月

石山的泉泪

凉台上有座石山
是安顺场的遗产
它长年躺在大渡河畔
目睹了历史的悲欢
时间使它披绿挂彩
经历了沧桑的变迁
哪一年哪一天还是哪一瞬间
突然石头冒出来泪泉
带着历史的悲痛
带着现实的欢乐
跋涉万里
回归奔腾的江河大海

1993 年 6 月

霜天

冰霜穿着寒冷的衣衫
人们躲避它时
它正给人们绘制美丽画卷
树挂 经霜的叶片
还有那些残留的坚果
它们在一夜间开花成熟
提前把春天送到我们中间

1989 年 10 月

苏武牧羊

风吹草低　我看见你的羊群
它们弯腰吃草　咩咩地叫
直到露凝霜重　直到变成石头
像灯　用温暖的光芒照亮黑暗
一场大雪　从青丝下到白发
你，只抬头看雁却从不弯腰
故国一去千里　死而复生的草原
是风尘 怀想和古老的疼痛
是从灰烬直到灰烬的燃烧
传奇的牧羊苏武　一片丹心汗青照

2002 年 10 月

他是一面镜子

20世纪40年代
麻风病是恐惧的代名词
魔鬼般的灾难
病人被火烧　被活埋
牺牲自己　才能保亲人平安

六十五年前的那一天
刚满五岁的孩童
亲见父亲被烧死在门前
叫声哭声黑云布满

艰难熬过八年
十三岁患上了父亲的疾病
害怕被活埋
吃药自尽救过来

抛家离校乞讨凉山

没有人的荒山
没有人的桥下
岩洞里面生活六年
风雪雾霜洞中草床
西边落日东边雨
月儿弯了又圆
山坡绿了又黄

他成了四肢残缺的庄稼汉
长满老茧的手脚
与狼共舞的麻风人
倔起来的他融在天地间

几十年如一日的劳动
跪地开荒，高举的锄头
用嘴播种，奇异的方式
从高山跪退的运粮过程
那堆积如山的玉米棒子
肢体的弱者
精神的强者

七十岁的生日

十万元的存款
借给乡亲们的钱
捐给灾区的款
没有一分是救济
全是血汗所换

他是一面镜子
镜子有坚韧有不屈
还有善良和高贵
面对这面镜子
我照出了自己不光彩的浊念
我站不到镜子里去
镜子里只有他一人

他从青年时就没有站起来过
永远用跪行的方式走动
但他比我站得更高更挺拔
更称得上男人
生命对他是一种残忍
他却换取了精神上的永生

2015年6月写于钱智昌七十岁生日

天地人

只要那轮太阳

每天从山的那端升起

只要万亩梯田

每年灌满了清水

只要田间留下辛劳的脚印

我的兄弟　我的姐妹

你们就是天地之间的支撑

1997 年 3 月

田湾河

幻梦加上想象是否可以到达这里
美是潜藏,是远是危险的心跳和呼吸
湖中走路的是树,岸上说话的是石头
踏雪而来的水车隐在暗处
像低吟浅唱的人诉说着离愁
阳光下的林木似三月的菜花
守护着一直蓝到天上的河水
溪头肯定坐着洗纱浣衣的人
她是水,水就是我们的母亲

2000 年 11 月

雾

高原上常有雾

雾不但能把山村都藏起来

而且也会把低处的东西笼罩起来

雾中小小的细雨

飘飘摇摇地落在森林中

花草静静地低着头

白桦树干在游雾中若隐若现

朦胧的画像禅机

无论远看或近看

都难以猜透其中的奥秘

1989 年 10 月

西出阳关

落日熔金

残阳如血

面对坍塌的古烽燧

依稀可见

昔日雄关的威严与残破

这里印证历代帝王的决策与兴衰

这里有张骞出使西域留下亲善的血脉

这里有霍去病踏平匈奴犒劳将士的酒泉

这里有繁忙丝绸之路的车辙与驼印

暮鼓晨钟

朝阳似火

七彩大地

西部开发的热潮正在滚滚地涌动

1998 年 10 月

小草

朔风　小草

弱与强的抗争

长征　草地

意志和信念的考验

湿地　草原

能给地球心肺以滋润

鲜花　芳草

是给人类装点生活的礼赞

呵护每一棵小草

是珍惜每一个生命

每个生命体

都牵连这个星球的年龄

1989 年 10 月

心中的河

我的手掌上有数不清的大小河流

最长的是热情　最宽的是理解和追求

每当走进大自然

凝望着不息奔腾的河流

我都会摊开手掌

道路漫漫　岁月悠悠

我始终依傍着心中的河流

1995 年 4 月

星星

雨后的夜

星星

像一串串葡萄

它挂在窗口屋檐和想象的藤蔓

雨后的夜

星星

更像一种久远的怀念

你走它走　你望它望

在伸手可触的瞬间

时光已越过了千年

1988 年 11 月

训练场

营中出径场
高栏腰上方
十栏都是险
胜败节奏上

炭渣跑道黑
鞋穿钉磨亮
胃吐天昏旋
每天还照样

夕阳秋风凉
汗洒训练场
梦惊回故乡
娘亲倚门望

沙坑有欢笑
标枪在歌唱
皮脱筋骨强
奖牌心中亮

1976年秋写于北京"八一田径队"

央迈勇峰

缥缈的白云萦绕

饱满高耸的乳峰

在母亲的衣衫中朦胧

雪白鲜嫩的乳汁

化作涓涓的甘泉

儿时的亲情

顷刻在心头涌动

1998 年 10 月

雨点

沉重的灰云紧张压着地面
沉闷　窒息　像梦魇贴在胸上
突然间亿万颗雨点落下来
溅起我心灵的涟漪
每一颗雨滴都在问我
那么多又那样远的质问
说不清是泪水还是雨点
它们向我扑来
像久别重逢的人
直到我睁不开热泪模糊的眼睛

1994 年 8 月

雨后

夏天的雨水
来也迅猛
去也迅猛
大雨从变黑的天空倾泻下来
像雄辩　像抒情
直到把整个草原朗诵得非常翠绿
微风拂来
草地上百花争艳
草叶更加透明
一股股浓厚的清香像醇酒
醉了天　醉了地　也醉了我
到了晚上
夜空群星变得更多更亮

1993 年 8 月

原始森林

森林　原始森林
它们的枝叶像天幕一样展开
树干在明静空中映出整齐的轮廓
苔藓、松针、朽木铺成的地面上
发出了一种惬意的气息
有风吹过
吹过的风　掀起大海的涛声

1989 年 10 月

远方的村庄

炊烟在草房顶冒出一次
麻风病人白发就多一根

蚯蚓在泥土里苏醒一回
麻风病人皱纹就多一条

五十年前你们来自远方
苍凉的土地有了村庄

为什么要闯入这个村庄
是神秘,是好奇,是探望

村主任给我安排一栋房
房大得如网球场
保管室里的玉米棒
一块竹编的板子当了床
翻身一动吱吱响

全身都像按摩一样

月光真亮
偷情的老鼠在欢笑
蜘蛛在苍凉的角落里布网
那一夜睡得又沉又香

老槐树大麻石
天上的朝阳
地上的雪霜
见证了你们的忧伤和欢笑

残缺的身躯
咸咸的汗水
让荒野换装
让玉米青了又黄

你们一年又一年开垦
一年又一年耕种
最后在开垦的土地种下了自己
种下了一生的不幸、劳累、悲凉
收获的是善良、不屈、希望

我们的子孙要感谢你们
正是当年你们远离的隔绝
换取我们今天的安宁与健康

生命对你们是不幸和残忍
你们给予的是高贵与善良

在高原

雪山草地冰道
森林小溪野花
蓝天藏房牛马
夕阳彩虹人家
相机睡袋脚架
瞬间记录天涯

1998年写于甘孜

在阿里

在阿里

雪山显得不高

湖水的颜色和天空一样

在阿里

太阳透出高贵的骄傲

月亮挂在天空的时间更长

在阿里

荒漠草原一天天变多

地平线一天天增长

在阿里

人会变得更小

心更接近天堂

2002 年 10 月

昭君出塞

历史有时候像一道彩虹　高悬的美丽
是暴风雨和它远去时的提醒
哦　凤冠霞帔　江山美人
胡笳声里　辚辚车辇扬起故园烟尘
忧伤　离愁　不抵和亲的义举
其实　谁都是帝王鞭子下的羊群
唯有大青山下的青草离你最近
掩住青冢　风吹火烧依然不计枯荣

1996 年 5 月

追你上高原

金红色的山谷

群峰的云涛连天涌起

透明的蓝天

披露出坦荡的白云

一群牦牛、山羊

在天地间行走

它们的小　它们的黑

使高原更加宽阔明亮

它们背着青草和泉水

像游子走在回家的路上

1995 年 10 月

走康定

未去过的地方我已经去过

纸上赶路的人只能这样

一支烟加上一点怀想

康定　康定　我有风的翅膀

谁家的大姐爱上谁家的大哥

跑马溜溜的地方就是唱民谣的故乡

康定　康定　柳暗花明减去山重水复

今夜　我悄悄喜欢上你的月亮

1998 年 10 月

散
文 | PART 02

一百三十万善款

2009年7月21日是我"边疆万里行"的最后一天。其实我前几天老盘算着回成都的日子，可今天真要回到自己生活的城市，却又觉得时间过得太快了，六十天的行程，无意中恰逢新中国成立六十周年。

我们的汽车在成雅高速公路上奔驰着，预计不到两小时就可到达成都，我坐在副驾驶位置闭着眼，脑里浮现着喜马拉雅山、冈底斯山、昆仑山、祁连山、横断山；雅鲁藏布江、金沙江、澜沧江、怒江；黄河、通天河、孔雀河、狮泉河等，这两个月虽短，但在经过的这些山山水水，在这些壮美的山河中，我感到了一种召唤。更让我忘不了的是山水之间的人们，我始终忘不了那些在海拔5325米的查果拉哨所的官兵们，始终忘不了他们那双双因冻伤而皲裂的手；忘不了最艰苦的甜水海兵站那位年仅二十多岁的指导员，呈现在我们面前的却是四十多岁的面容；忘不了川府天源饭庄那位勤劳朴实的邹春兰；忘不了阿里萨嘎中心校的师生们；忘不了那些患了白内障和大骨节病的牧民们，还有许多许多……

这时，一个电话打断了我的思绪，原来是全国政协外事委员会副主任韩方明博士打来的，电话中他告诉我全国政协办公厅准备在全国政协礼堂为我举办"边疆万里行"摄影展的消息，他是这次展览的策展人。

韩方明长期从事藏族文化的研究，在我"边疆万里行"出发前夜，他还专程从北京赶来成都为我送行，并陪同我一起走到了康定，一个月之后还从北京飞到拉萨为我加油，让我很是感动。

回到成都后，我从八千多幅照片中精选了一百幅带到了北京与韩方明博士见面，最终我们选定了六十幅照片在全国政协多功能礼堂展出。展览前还提前做了宣传预告，中国银泰集团主动承担了这次展览制作、展出的经费，银泰集团的董事长沈国军出资一百三十万人民币收藏了展览的全部作品。于是我按照收藏集的作品制作，并在每幅作品上签上了名字。

一百三十万对我来说是很大一笔数目，我知道沈国军是在抬举我，照片虽然珍贵，但是一百三十万确实出手很大方。我找到韩方明商量，准备把一百三十万全部捐给藏区。韩方明知道我的打算后非常支持我，但随后又问了我一句，是否留一点升级摄影器材。我告诉他这次"边疆万里行"活动得到了多方的关注与支持，拍的照片都是藏区的一些风光和人文，没有他们的帮助就没有今天的影展，所以我更应该回报藏区。在场的沈国军董事长听完我的话后，也向我竖起了大拇指。我们三人经过商议决定，这一百三十万其中的一百万用于资助西藏大学品学兼优的藏族贫困大学生，每年提供十个到大城市参观学习的机会，让他们有机会了解祖国日新月异的发展，对藏族学生进行心向祖国的爱国教育，增加他们的荣誉感。另外三十万元将用于四川甘孜藏区的三百多名妇女和儿童的白内障复明手术,让他们重见光明。

有了这样的捐赠,那天的开展仪式更加有意义。开展仪式上,西藏大学的团委书记和甘孜州慈善总会的会长接过了捐赠的善款。我在开展仪式上也发了言,激动地说:"三十年前的1979年,我还是一名普通军人,那一年我打破了全军十项全能的运动纪录,第一次荣立二等功。那时候我心里想的只是努力训练和工作,做一名好军人、军体好运动员。

"由于工作岗位调动,我在那个时代就有机会接触了照相机。不过那时候我只是一个初学者,是一个单纯的低水平的工作影像记录者,做梦都没想过要成为摄影家,做梦也没有想到2007年9月中国文联、中国摄影家协会能在人民大会堂为我举行个人纪实摄影展览,两年后的今天又在全国政协礼堂举办自己的摄影作品展。

"恰从1979年开始,我个人与祖国一起走上了此前亿万人都没有想过的梦想之路。这三十年中华民族的巨大变迁,让我有机会成为伟大历史浪潮的一滴水,用微薄的力量,反射出太阳的光芒。

"我拍摄祖国的西部正好三十年,我的作品从个人的视点凝聚了改革开放三十年来西部高原的许多小细节。山在变,水在变,人在变。透过这些细枝末节,可以看见我们国家一天比一天富强的过程,看见人们越来越多的笑容和发自内心的自信,看见过去贫困落后的西部逐渐与文明接轨。

"当然,我的镜头也记录了西部发展中的不足和一些地区自然环境的退化和破坏。这些也是同样真实得令人痛心。但这也是影像的魅力，它会告诉子孙，我们做过什么，我们怎么走过这条路，我们留给他们什么，他们要怎样才能把更美的记录留给祖国的将来。

"那个时候的孩子们会知道，今天的我们，有多爱这片大地！

"最后，请允许我衷心地感谢全国政协有关领导对这次展览给予的大力支持，感谢林智敏副秘书长的积极推动，感谢外事委员会韩方明副主任的多方奔走和策划，也感谢中国银泰集团的沈国军先生慷慨解囊将这些展品全部收藏，使我能够将一百三十万善款全部用于资助藏区，也同时感谢前来观看展览的朋友们，你们的每一眼都是对藏区的关怀。"

2009 年 9 月写于北京

白沙湖·胡杨树

白沙湖是只在神话中才有的湖,那种美不是文字可以描述的。传说天上的七仙女悄悄来到人间,总是选择白沙湖这个地方沐浴。

白沙湖在新疆哈巴河县的西部,湖水四周紧紧被胡杨林和沙山包围着,沙丘外是贫瘠的荒原。那地方没有游客,安静得不闻人声,可以听到群鱼游水的声音。不过要感受这样的美,要经过艰辛,要通过考验。白沙湖不通公路,到湖边要翻两座沙山,沙的表面没有凹陷,但沙的温度很高,一条条沙纹在烈日折射下冒出蒸气,如同火焰山。登沙山很难,不仅消耗时间和体力,而且费了大力气,也不见走多远。当你的脚踏上沙时,沙一般不会塌陷,但等你使劲把另一条腿从深沙中拽出的时候,这条腿就会在沙中陷滑下去,预先不知道要陷多深、要滑多远,每一步要重复这个艰难过程。就这么一步步艰难折腾的同时,你也没有气可以多喘。我记得1998年秋天,我独自扛着摄影器材翻沙山时的狼狈样,那天我喝了六瓶矿泉水,流的汗水如果用盆来盛,足够洗脸洗脚。

到了白沙湖,湖四周的胡杨林在秋日夕阳下变得金碧辉煌,显得那样高贵。这是我见到最美的一片胡杨。它一点没有塔克拉玛干、额济纳胡杨的苍凉和伤感。当地人告诉我,胡杨有三条命:

生长千年不死，死后千年不倒，倒地千年不朽。白沙湖的胡杨是生长不死的最盛期，因此它非常美。塔克拉玛干、额济纳的胡杨在千年前也是同样美，那里有过辉煌的楼兰绿洲文明，得到过"居延绿洲"的称誉。为什么事隔千年会变成茫茫的碛石戈壁？留下的是湖汐冲刷的痕迹和湖水浸泡过的巨石，留下的是白骨躯体般的胡杨和在那无垠的黄沙中张牙舞爪的干枯树枝，如果你身临其境，会感到恐怖和悲伤。后来我从资料中知道，严重缺水是楼兰、额济纳生态环境恶化的主要原因，草场、树林得不到充足的地下水供给，逐渐干枯死亡，牧民没有牧场，再也见不到水草丰美、鸥飞鱼跃的罗布泊，无奈之下只得转场或改变其生存方式。

白沙湖边的胡杨林

我独自站在白沙湖边领略着湛蓝色湖水和茂盛的胡杨。湖边胡杨每一个枝干上都长满树叶,它们自由吸收湖水供给它们的营养,树与湖之间显得那样和谐,这使我更加理解了水是万物之本的内涵,当我要离开哈巴河县时,听说当地为促进经济发展,要开发白沙湖的水,心里十分沉重,仿佛又看见塔克拉玛干那片死亡胡杨。

1998年10月

拜访僜人首领阿罗松

昨夜在下察隅睡了一个好觉，因为惦记着昨天下午去过的那个宁静的村庄，我们决定今天一早再到那里赶一个晨光。可惜的是，早上这里淅淅沥沥地下起了小雨，天公不作美，外出赶早的计划再一次泡汤了。

上午八点多，吃过饭后雨总算小了一点，今天我约了阿罗松到他的村寨里看望他和他的村民。阿罗松是一个僜人，这个称呼对大家来说可能比较陌生，"僜族"也是我们中国的一个民族。民族人口不超过五千人，僜人在国内只有一千七百多名族人，所以现在是一个未识别民族。阿罗松，就是僜人的首领，也是这个僜人民俗村的村主任。

五年前我来过这里，那时阿罗松就很热情地招待了我，当时僜村非常贫穷，阿罗松告诉我，为了让僜人过上幸福的生活，他一直在努力，在他的屋里有一面墙挂了五十多个牛头，这在藏族同胞的风俗里，是体现身份和年龄的物品，而对于阿罗松而言，这是他帮助僜人的见证。他家共杀过一百四十多头牛，却全部分给了族人，本来他作为首领，应该受到族人的供奉，而他想到的却是如何帮助族人，让僜人过上好日子，这让我敬佩。

今天到僜村时，本来说好阿罗松要来接我们，谁知来了以后却看不见他人影，一问之下才知道僜村里有两户人家里失火了，为了这事他到村民家帮忙了。在等阿罗松的时间里，我带着大家到村里去转转，这一转让我大感惊奇，以前僜村的贫穷早已不复存在，现在家家户户都住上了富有民族特色的小木楼，村里有耕地、花园、草地、果树，又是一个世外桃源，在阿罗松的带领下，僜人真正过上了好日子。

等了一个多小时，阿罗松回来了，我没有一点不满，反而为他这种全心为群众着想的行为而敬佩。阿罗松回来以后非常热情，立马端上了自制的"饮料"招待我们，还让我连续喝了三杯，以为是饮料，于是我和队员们都没有太在意，谁知喝过以后身体热了起来还带着头晕，这才知道，这"饮料"原来是他们自制的米酒。我是个不喝酒的人，这一不小心，让我吃了一点苦头，也让我再一次感受到了僜人的热情。

阿罗松是一个很善谈的人，我将上一次来到这里照的照片拿出来给他，顺便也给他带了一些书和光盘，他和我们聊起村里的情况，聊起他的儿女，聊他自己，很快时间便过去了一个多小时。中午阿罗松一定要请我们尝尝他们这里的特色手抓饭，确实非常香。饭后，我们与阿罗松一家合影，然后才依依不舍地离去。

下午我们去了守卫边境的沙马一连，在那里和官兵们座谈，还送了他们一些书籍和光盘，他们也向我们讲述了一些连队官兵的故事。

连队的旁边有块空地，上面长满了茂盛的蕨类植物，初看去只是一片普通的草地，走近了才发现这里布满了坟墓，足足有一百多个。连队干部告诉我们，这些都是在1962年中印自卫反击战中牺牲的官兵，为了守卫边防而牺牲的他们被葬在这里，没有

与阿罗松交谈

墓碑也没有姓名，他们牺牲时都很年轻。"他们在这里看着我们，看着祖国的变化，看着祖国逐渐强大，看着人民过上好日子，他们会安息的。"连队指导员这样对我说。这让我的心情非常沉重，年轻的战士们牺牲了，他们为了祖国付出自己的生命，他们让人敬重。

晚饭时团政委告诉我，他们和当地政府准备给那里牺牲的战士们树起墓碑，纪念他们，缅怀他们，以此教育后人。这样的话对我来说无疑是一个好消息，这些英勇的战士们所付出的一切，理应被后人永远记在心里，永远怀念。

吃过晚饭，团领导邀请我为官兵上一堂课，我用自己这些年来的经历，以"国家、责任、荣誉"为主题给他们讲了一课。今天虽然很累，却很充实，明天我们就要离开察隅继续我们的行程了。

背建材的小伙子

在布拖县乌依乡麻风康复村里修建学校，承包商不但要有不盈利的准备，而且还要冒着被感染的危险。按常规惯例，一个工程的修建，就有许多家公司和单位来投标，还会用各种手段来争取中标。但是修建麻风康复村学校的消息传出来快一个月，却没有一家公司来报名，我有些担心，于是找到布拖县教育局的寸天国局长商量，建议对修建麻风康复村学校的承包商给出一些优惠的条件，只要哪家公司愿意接下学校的修建工程，教育局及其他学校将来在新建工程中将对这个公司的投标予以优先考虑。在这样的优惠条件下，年轻的杨洪总经理接下修建学校的任务，也承诺建这所学校不赚一分钱。

2005年5月3日，学校正式开工，杨洪经理精选一位土建技师、一位木工来到麻风村，跟村主任商量怎样完成这项工程，村里为配合建校，选出四十余人帮助修建，被选中的这些年轻人听说要建自己的学校都摩拳擦掌，有使不完的劲。杨洪按每个工人每天十五元钱计算，但是这个劳动报酬不发给个人，全部由村里统一结算，然后村里对参加修建的村民，按每天十分工分计算，另外每人每天补助两元钱。

麻风村四周都是三四千米的高山，村民花费了几十年才在深山中开垦出四百余亩的贫瘠土地，开垦出来的土地中有一半是小石子，加上长期缺水，只能靠天吃饭，所以地里只能生长玉米和南瓜。因此修建学校的材料都必须从外面运进麻风村。

我从杨洪的账本里看到，修建三百五十平方米的教学用房，需用到五十吨水泥、六十吨粗沙、十吨细沙、九吨钢筋、十五立方米木材……修建学校的过程中最大的困难就是运输建材，汽车把材料运到乌依乡，乌依乡只有两排房子，一排为乡政府办公地点，另一排就是中心小学。杨洪把运来的建材寄放在中心校院坝里，麻风村里的人要自己背着这总计近一百五十吨的建筑材料运到村

2005年学校落成

里，担任运材料的是麻风村选出的青年，他们每天要背着一百斤以上的水泥和沙，有的小伙子甚至要背二百斤。从乌依乡到修建学校的地方还需要徒步在悬崖山路上行走四个小时，加上来回时间，一般每人一天只能背一次，为了赶工期，有时一天也得背两次，背建材的村民们每天天不亮就出发，回到家里已快半夜。这些青年都是长时间在不到一米宽的悬崖陡壁上行走往返，沿途山路中有几处回头弯的坡度甚至超过六十度。所以扛着上百斤的建材在这样的山路上行走，对腿和脚的控制力还有体力、耐力都是极大的考验，特别是在下坡的时候，如若控制不好支撑不够，冲下悬崖的意外是会发生的。每次到麻风村我的双腿和心肺都要接受考验，因此从我内心深处不得不由衷佩服这群背建材的小伙子。

修建这所学校的时间正处于六七月，是麻风村最热的日子，每天的气温都超过零上三十五摄氏度。小伙子们每天流大量的汗，他们赤着上身，汗水顺着大腿往下流，流进了他们的鞋里，双脚在宽大的解放鞋里来回摩擦着，发出吱咕吱咕的声音。我走过这些路，深知这段路的艰辛，为了给他们运送材料提供方便，事先我买了三十双解放鞋托人带到村里，由于不知他们的鞋码，有不少穿上都觉得大了一两码。

学校修好了，我来到学校，见到那群担任运输建材工作的小伙子，他们告诉我，这解放鞋又结实，又不滑，真管用，他们穿着我送的鞋，每个人都背过数千斤的水泥、河沙、钢筋，脚却没有一点伤。但是我也发现，他们的肩背由于扛运材料长期摩擦，每个人的肩和背上都有许多印迹。这些印迹很长很深,黑色中透出红色,看起来比过去增厚了许多,我问他们痛不痛,他们说,现在没事了,在运材料的那些日子里,每天肩背上都要摩擦出血,老伤上又出现新伤,一次次被汗水刺激,被太阳直射,特别是到了最后几天,几乎所有人的肩、背上都是血迹,有的地方还红肿了。谈起过去的事,他们每个人似乎都很轻松,但实际上运这批建材实在太难了,他们的身体经受许多痛苦,我明白他们这样做都是为了村里的孩子能够有学上、有书读。

因为修建学校,那年村里的劳动工分翻了一番,全村每个劳动日从三角五分提高到了六角八分。过年时全村每家每户都杀了猪,村里还统一杀了牛和羊,每个村民都分到了牛羊肉,那年全村人都度过了一个愉快的彝族年。

2005 年 12 月

比世界屋脊更高的女人

在帕羊的一夜睡得很好，以前我走这条线时能找到一个遮风的宿地就已经很不错了。早上六点多我们便起来到附近的牧场去拍摄，这一路过来海拔都在四千五百米以上，从前是没有这条路的，是一片无人区。多吉告诉我二十多年前他走这条路时，七天七夜的时间没见着一个人、一辆车，而今天这里却已成为游人的一个中转点。

帕羊镇上有一家川府天源饭庄，饭店的老板是个女的，昨天晚上我们在这里吃饭时，她知道我们是从成都来的便非常热情。店里就两个人，老板也就是厨师，因为她炒的菜味道比较地道，于是我们便跟她说好第二天的早饭也在这里，还约好了时间。早上我们去牧场拍照的时候原本是想去看看，谁知道去了以后发现可以拍的东西很多，无意中就忘记了时间，等到我们回到住的地方时，已经是晚上九点多了。

进院子便看见饭馆老板在门口等我们，她说知道我们还要赶路，怕我们错过了时间，她的话让我们一阵的感动。吃饭时我们和她聊了起来。老板的名字叫邹春兰，一个人从遂宁到藏区来已经五年了，她一路过来，到了帕羊被这里的西北风光迷住了，于是便在这里租了房子开起了小店。五年前这里只有一家饭馆，她是第二家，而这五年来她一次也没有回过四川。我感到有一些惊讶："那么你的家人呢？""我十六岁就结婚了，现在我的孩子都五岁了，老公现在在深圳工作。"她的话让我们大为吃惊，这样算起来，孩子出生后她便独自来到了这里工作，整整五年的时间没有回去，就为了让家人生活好一些。五年的时间，一个女人独自在这样的地方开饭馆，这是什么样的日子，听她说着说着，我们不觉动容，这里到了冬天平均气温在零下三十多摄氏度，晚上在灶上的开水到了早上也变成了一壶冰，这里方圆几十公里不见人烟，连开饭店要用的食材都是从拉萨运过来的。

"那你一个人在这里生活非常不容易啊。"我不由发出这样的感叹。"习惯了……"这是她的回答。习惯，我一直认为习惯是一个具有很大力量的字眼。有些人因为一些改不过来的习惯影响自己的终身，有些人因为自己一直保持的习惯而过着愉快的生活，而这样一个柔弱的女人，为了改善一家人的生活环境，养成了这样的习惯，我想，中国妇女的勤劳朴实，在邹春兰的身上很好地体现了出来。

"有空的时候还是回去看看儿子，一直在外面这样待着也不是个办法。"临走时，我向邹春兰这样说道，在她的眼里，我看到了阵阵涟漪。

下午到达霍尔乡，这里的海拔是四千六百五十米。我们来到边防武警单位，与他们举行"边疆万里行"的签字活动。这里的领导知道了我们一行人的来意，非常热情地接待了我们，作为边防军人的一员，他们同样让我们感动。

吃过饭后,我们来到了阿里霍尔乡中心校,五年前我曾来过这里,那时的中心校条件还非常艰苦,一百多个学生全挤在几栋土房子里,那次我同样给学校送去了学习资料。这里的校领导和老师都是两年一轮换的,今天再次踏上这片土地,这里已经有了很大的变化,教室修成了砖房,还有专门的老师宿舍、学生食堂,学生也增加了一百多名。我们来到时学校刚刚下课,学生们都在外面玩耍,看见我们背着相机进了学校,他们都好奇地围住了我们。这里的老师说,这些孩子没见过相机,更没有照过相,所以对我们身上的"铁疙瘩"很感兴趣。听到这样的话,我没来由地心里一酸,接着便给孩子们一个一个照相,直到上课了他们才依依不舍地离开。

霍尔不远处的神山、圣湖,是我们明天的主要拍摄点,明天我们又要起个早去等待光线。

2009 年 6 月 20 日凌晨写于西藏霍尔

与邹春兰告别

兵之城

三十里营房，海拔三千六百米，是新藏线上最大的国防军事要塞，这里有新藏线上最大的兵站，有十八医院高原病研究所和中央军委命名的"喀喇昆仑模范医疗站"，这里绝大部分是由部队机关、医院、营房、兵站等一个个院落组成的，所以我们也把这里称为——兵城。

昨天到达三十里营房的时候已经是晚上十点多了，可能由于海拔降低，我的感冒一下便感觉好了一大半。这里的时差有三个小时，我们到的时候天还没黑，三十里营房的建筑不高，感觉很像是荒凉戈壁上的一个小镇。我们住在兵站里，第一次来新疆，却从未想过还有着向甜水海那样的部队存在，便如同昨天所闻，今日所见。

从三十里营房出去十五公里左右的地方，是赛图拉遗址。赛图拉，维吾尔语意为"殉教者"，因为从赛图拉到现在的三十里营房大概是十五公里，所以才有了现在"三十里"的名字。如今的赛图拉，已经荒凉成残墙断垣，只留下营房和哨楼遗址在雪山冰河怀抱之中。

意外的是，我在这里遇到了来自凉山州的老兵马俊，他对我的到来感到非常高兴,一个劲地对我说:"你是我们大凉山的恩人。你帮助麻风村的事情我们在电视上都学习过。"和马俊一起来的凉山人还有一个名叫兰贵华的老兵,他们已经服役了十三年,而现在一个患了肾炎,一个患了右膝滑膜炎。我告诉马俊:"吃得苦中苦,方为人上人,在这里吃了大苦,耐了大劳,今后回到凉山,你们便是人才,才会是人才。"昨天,不喝酒的马俊喝醉了。

下午我们到赛图拉时,是老兵马俊陪着我们去的。我们在赛图拉合影,我告诉他,既然腿上有伤,就别喝酒了。他说,昨天看见我是高兴的,以后不会喝。

我找到三十里营房协调部的领导,请他们将周边几个单位的官兵找一些过来座谈,从他们的话语中,我听到了许多的故事。

一个纯真的拥抱——三十里附近有三个边防连队,一个是有名的神仙湾,一个是天文点,一个是空卡山口。有一年,医疗站的一些女医生和女兵护士到天文点巡诊,天文点海拔五千一百多米,除了连队的人以外就没见过外人,巡诊结束后,连队的战士为医疗站的同志们送行,带队干部看战士们都不说话,便问他们怎么了,连长说,战士们好不容易看到连队以外的人,你们要走他们非常不舍,希望最后能够和巡诊队的同志们拥抱一下……巡诊队的所有人都流下了眼泪,一个纯真的拥抱,如此要求,怎能拒绝?

塞外江南是不是天堂?——对于阿里的人来说,三十里营房是天堂,也是塞外的江南,而对于初到高原的人来说却恰恰相反。部队的官兵绝大部分来自外地，在这里，官兵每两个月要进行一次体检，就在前两天，一个单位的十五名官兵到医疗站体检，十五个人，只有一个人心电图正常，很多官兵每天必须吃药来补充维生素，甚至离开部队后一年都没能够缓过来，如此"江南"，如此"天堂"。

十八年的白柳——兵站的一位领导告诉我说，1992年他还是个新兵的时候，这里的白柳树就有这么大，十八年过去了，领导的孩子已经由咿呀哭闹的婴儿变成了一位翩翩少年，这些柳树仍然这么大，几乎就可以说没有长，虽然海拔只有三千六百米，植物的生长相对来说容易一些，但由于天气干燥，周围基本就没有植被，植物的生长非常困难，连附近的山上都"一毛不拔"，白柳尚且如此，何况是人。

我过去是个军人，虽然现在已经离开了部队，但通过我现在看到的，我希望能够将这些可敬可爱的人们的故事宣传出去，宣扬出去，边防军人同样需要关怀。

晚饭时，李教导员又说到了这附近的康西瓦烈士陵园，其实昨天我们便经过了那里，而且每个人都去献上了哈达。康西瓦烈士陵园里安息着一百零六名战士，其中有七十八名牺牲在中印自卫反击作战中，还有二十八名在守边卫国的岗位上因为各种原因牺牲。李教导员说，部队以前有一首歌叫作《归魂》，就是战士们自己创作写给牺牲的烈士的，讲述的是一个烈士的英灵回归故乡看望母亲的故事，一个人唱这首歌时会觉得悲伤，一群人一起唱的时候,往往大家都热泪盈眶,现在会唱的人凤毛麟角,而他便正好是其中一个,说完便给大家唱了起来:"夜已深,家人睡沉沉,回到了我阔别的家,小弟小妹已经入睡……"

2009年6月26日23:29 写于新疆三十里营房

山坳里的营房

不让天堂般的美景消失

2011年，我参加省委组织的对藏区牧民定居情况的调研工作组。10月，我来到了甘孜州九龙县，工作完后，甘孜州州委政府办的李主任邀请我们去县城附近的伍须海，伍须海离县城二十余公里，这几年随着旅游业的开发，来伍须海游玩的人越来越多，去过那里的游客都说伍须海虽然不大，但那里有天堂般的美景。

我们的车在森林中行进着，公路边的森林在暖阳的照耀下投射出无数优美的光柱。这些迷人的线条伴随着晨雾就如同走进了梦幻的世界，我打开了车窗，深深地呼吸着从森林中扑面而来的新鲜空气。我发现，路变宽且平坦了，公路边那些二十多年前的树长高了、长壮了，千姿百态的树干上，生长着的松萝也多了起来，如丝一样的松萝在太阳光的折射下有一种别样的美，看到此般美景，车上的人不停地发出赞叹声。

与我同行的人中有一位甘孜州民委调研员，名叫乌尼合儿，是一位彝族干部，他前几年在电视里看到我帮助凉山彝族麻风村的报道，对我特别尊敬，一路上都在给我介绍伍须海。原来20世纪80年代乌尼合儿就在九龙县任林业局副局长兼林产品公司的总经理，他告诉我20世纪80年代九龙县是"木头财政"，县里财政70%的收入都是靠伐木，当时他们的林产品公司主要任务就是砍树，那个时候他们的工作显得特别重要。说着他指着汽车刚经过的那片森林说，当时县里已经把伍须海森林列入了伐木计划，准备在1988年秋季进行砍伐。县里任命乌尼合儿为这次伐木计划的总指挥，砍伐前他来过几次伍须海，看见那些又粗又直的云杉和冷杉，真是下不了手，但他知道县里有几千人等着这些树换钱。乌尼合儿只好把五百多名林业人员调集在县上，还没有来得及进入伍须海，突然接到叫停的命令。命令是当时的州委书记刘子寿下的，说一定要保护那片森林，据说是刘子寿听了北京几位记者反映后下的决心，所以这片森林才保护到了现在。

伍须海的原始森林

乌尼合几又接着说:"那一年没有砍这片森林,但是我们全县的干部包括教师都做出了牺牲,他们足足有三个多月没领到工资,有的学校的老师工资拖到了半年后才补发。"当时他管的那些没有领到工资的干部都给他提意见,到年终还到县里上访。

我看着这片茂密的森林,听着乌尼合几说的这段话,才知道当年章东磐和我找到刘子寿书记反映的保护伍须海森林的事情让九龙县的干部和老师们付出了这样大的代价。

那是1988年的5月,人民美术出版社的章东磐再次来成都,因为我们约好了去贡嘎山的西坡六巴乡(如今的贡嘎山乡)。车还没有到六巴乡就遇上公路大塌方,我们只好改道去了九龙县。20世纪80年代的九龙县只有一条街,全县最高的房子是供销社,只有三层楼,当地人称之为百货公司。我找到了当地县教育局的刘局长说明来意,刘局长向我们推荐了离县城二十七公里的伍须海。

伍须海在贡嘎山的西南部,它是一块掩藏在森林中的湖,湖长约一千二百米,宽为六百米,最深处达到三十三米,湖水由冰雪融水和地下水供给。湖两端各有一块秀绿的草场,让它显得更加完美,湖水清到极致,净到极度。春夏两季草场上生长了许多格桑花、羊角花、报春花,还有许多不知名的野花。上万株青杠树和大叶土杜鹃紧紧地拥抱着湖,千姿百态的青杠枝叶间垂下丝缕般的松萝倒映在湖水中,好似远古的呼唤。青杠树和杜鹃后面是成片的亭亭的云杉和雪松,云杉和雪松的上端是十二座秀美的直破云天的山峰。当地人称它们为"十二姊妹",传说能见到十二姊妹就能找到幸福的真谛。

那个时候伍须海尚未开发旅游业，章东磐和我只好在草场的牛棚里过了一夜，雨后的清晨，我们在纱一样轻柔的雾气中见到了若隐若现的十二姊妹峰，那就是姑娘们的羞怯之容。我看见北京来的章东磐几乎迈不开腿，就像看到了天堂之境，他告诉我他真的不想走了，就在这时候，为我们带路的一位干部，看见我们对伍须海的美景如此痴醉，低声地说："美丽解决不了贫困，也带不来利益，再过几个月伍须海的森林就要砍伐了，你们抓紧拍照留影，下次来可能就再也见不到这样的美景了。"章东磐听到砍树的消息急得冒火，他是土生土长的北京人，见多识广，又是美术编辑，对美有一种特殊的感情，当我们回头走到要首先砍伐的那片森林时，章东磐让我从森林的各角度拍了许多照片。那片森林的云杉特别茂盛，树干又直又壮，要两三人伸臂才能合围。那天我拍了许多照片，几乎把带去的胶卷都拍完了，回到九龙县城后我发现章东磐的嘴上长出了小泡，知道他是着急上火。章东磐找到邮电局给时任四川省办公厅副主任孙前打了电话，孙前是他在海螺沟结交的朋友，他请孙前给时任甘孜州委书记刘子寿传递北京记者要向他汇报重要情况的消息。

到了康定后，我把胶卷冲洗放大，章东磐就写书面汇总情况。刘子寿在百忙中见了我们，我和章东磐配合得很好，汇报时章东磐主讲，我展示照片。章东磐不仅会说而且富有激情，那天他的讲话把我都感动了，顿时觉得不虚此行。刘子寿听得很认真，问得也很仔细，不时点点头，他说的最后两句话我至今还清晰地记着："你们把照片和资料留下，我代表民族地区的人民感谢你们，以后你们再来就跟我联系。"

我们走后的十天，刘子寿书记亲自去了伍须海，两个月后州委州政府做出了开发伍须海旅游的决定。那片天堂般的美丽，得到了保护。

乌尼合几在知道我就是那北京记者的其中一员后，一定要同我在那片森林中留影。就在那天，我和章东磐通了电话，关于这片森林，章东磐问了很多也问得很细。我告诉章东磐我们即将拍摄的《贡嘎日噢》电影的许多场景都将选在伍须海。

2017 年 4 月

藏袍上的冰花

1986年5月,因纪念红军长征五十周年,我来到了泸定县,结果意外地闯进了海螺沟。当时的海螺沟还没有被开发,一切都那么原始、神奇,没想到那次的无意闯入却改变了我对生活的态度和事物的认识。后来的一年中,我数次穿行在海螺沟内,虽然没有做出惊天动地的壮举,但这条沟却让我难以忘怀。当时从来不写抒情文章的我,竟然在1987年写下了我的第一篇散文《海螺沟》,并发表在《西南军事文学》杂志上,泸定县的领导看见了这篇文章,邀请我参加1987年10月海螺沟的开营仪式。

在参加开营仪式之前,我特地邀请格勒来到海螺沟,想等到仪式结束后我们俩一起去东坡看贡嘎山,因为东坡的九陡岩是二层山的最高峰,也是

冰 花

拍摄贡嘎山最好的位置。九陡岩的海拔有五千多米，站在山顶看贡嘎山，前面经常会出现一片云海，云海后面贡嘎山的七八座山峰就一排排展现在眼前，十分壮观。听当地人介绍说，爬九陡岩非常艰难，要从两千多米的2号营地的温泉下方穿过冰川，沿着一片原始森林往上爬四个多小时，到达羌火棚，再经过一段流沙坡，继续向上爬六公里的岩壁，岩壁上几乎没有路，非常危险，一不小心就会摔下悬崖。除此以外，要想到达九陡岩五千多米的顶峰，中途还需要在岩石洞里过夜，据了解，当时除了极少数采药和挖虫草的山民上去过外，还没有一位外地的摄影爱好者成功上去过九陡岩。作为运动员的我虽然身体素质不错，但我仍旧对这次的登山行为感到担忧，我想如果没有格勒的帮助，我也没办法一个人独立登上九陡岩。

早上六点我和格勒就出发了，格勒带着一口铝锅、一把斧头、一床棉被、一床藏毯、一捆登山绳和一些食物，大概二十公斤，我背着摄影包，包里装着两台美能达相机，格勒怕我登山不方便，还帮我把摄影用的三脚架也背在了自己身上，我们从两千米海拔的地方出发到五千米左右的山顶处，预计会花费十二到十三个小时。出发后，我们一路上只吃了一点干粮和一瓶水果罐头，到下午五点时，我和格勒的体力已经消耗殆尽，饥肠辘辘。这时的海拔已经在四千米左右了，格勒发现我的嘴唇有些发乌，有轻微的高原反应，格勒又发现我们所在地的不远处有两块巨石，巨石间的岩缝形成了一个天然的小山洞，山洞旁边还有刚化的雪水。格勒凭借多年的经验告诉我说，这里离九陡岩还需要走三个多小时，按照现在的速度，我们今天是没办法登上去的，再加上他看云层在山间变化，推测今晚会遇上暴风雪，冒雪登山也是很危险的，于是他和我商量我们今晚就在这里过夜。很快我们钻进了岩缝中的山洞，这个山洞比我想象中要宽敞，大约有五平方米，格勒铺上藏毯让我休息，他便开始忙活了起来。由于过夜生火用的柴火不够，格勒把他在路上捡到的干树枝放下后，转身又出了山洞准备再拾些柴火，他用我送他的望远镜四处观望，突然发现远处有一株被雷击中的树，正好可以当作柴火生火。于是格勒便出发去那里砍柴，可谁知他一去，一个多小时后才背着一捆柴火回来，我一问才知道原来看起来距离我们只有五百米的地方，却是在山崖的下方，加上山路行走不便，所以才花了比平时多好几倍的时间。那天，是我第一次看见用火镰生火，生好了火，烧开了水，洞里瞬间暖和起来。格勒告诉我，这里海拔太高，气压太低，做饭不容易熟，所以他在昨天就先把米饭煮熟了带上来，此刻加上一些蔬菜、腊肉和土酸菜，就是一道美食了。也不知是不是当时太饿的原因，总感觉那顿腊肉饭是我吃过的最美味的一顿饭，至今想起来都回味无穷。晚饭后，天色已晚，我望着外面的天空，朦胧的月亮从雪山后缓缓升起，流云在夜空中自由地飘荡，星星时隐时现，山下的那片雪松林里，不时传来奇怪的风声，风中伴随着雪崩的声音，使这片天地更显得恐怖和凄凉。突然间，朦胧的月亮和星星都不见了，天空漆黑如墨，这是一种你在城市里绝对看不见的黑色夜空，黑到心里没底。就在那天，我是第一次在如此高的地方看脚下的雷电，那是种让人战栗的恐怖之美，随着一道能撕开肺腑的霹雳闪电，经过脚下漆黑的旷达的深谷，瞬间，整个海螺沟被惨白得发蓝的电光照得雪亮，又立马跌入了黑暗之中，人在震颤中发呆，好一会儿才听到了铺天盖地、万马奔腾般的轰鸣声。这时洞外开始飘雪，气温已经降到了零下十几摄氏度，由于准备的柴火充足，洞内的温度丝毫没有受到外面的影响，还是非常温暖。格勒一直坐在洞口，我让他坐进来离火堆近一点，他一直没有听我的劝告，夜晚睡着后中途几次醒来，迷迷糊糊中透过火光还是看得到格勒坐在洞口的身影。

第二天天亮后，我发现风雪已经停住了，我背着摄影包钻出了山洞，我惊喜地发现，远处的七八座雪峰，高傲地直插云霄，突然山尖开始慢慢地染上了一层粉红，犹如一个害羞少女脸上的红晕，紧接着颜色又开始变化，山尖又被阳光镀上了一层金色，然后这层金色不断地往下，金色的阳光瞬间倾泻下来，把整片山峰全都染成金黄色。整个过程不过短短一分钟的时间，在这一分钟里，我一边不断赞叹着"太美了"，一边不忘拿起相机激动地按动快门，记录下这瞬间的美景。半小时后，太阳已经照到了我的身上，这时我也完成了"日照金山"的拍摄，回头想去找找格勒，突然发现一朵冰花在晨光下显得十分耀眼，这是无数冰晶凝结而成的，这朵冰花紧贴在格勒身披的藏袍上。这时的我才恍然大悟，格勒昨晚是用自己的身体为我挡住了风雪，把温暖留给了我。我急忙冲到了他的背后，格勒看见我如此着急，不知道发生了什么，很快我在他的藏袍下取下了这朵冰花。

这件事已经过去了三十多年，当时的场景我还历历在目，后来我问过自己，当时发现格勒藏袍上的冰花时为什么不拍一张照片，但我也知道，当时我急忙取下那朵冰花，是我最真实的反应，我们的友谊正是建立在这些质朴、平凡而又不起眼的小事上。那朵藏袍上的冰花虽然遗憾没能留下影像资料，但它却如同一个烙印，深深地印在了我的心里。我相信如果我和格勒同在一个战场上，那我们一定是愿意为对方挡子弹的好兄弟。

2003 年 10 月

格勒在贡嘎山间

垂死的登山者遇上了世界上最坚韧的山民

当年的贡嘎山不是那么容易进去的，离开磨西不到一公里就是一条几百米深的峡谷，这条峡谷是由贡嘎山的一条冰川融水冲刷而成，名叫"燕子沟"。沟的两侧有很多奇美的雪峰，登贡嘎山一般都会从这条沟进入。

1982年4月28日，日本登山队员松田宏也和管原信两人已攀上了海拔六千八百米的高度，准备次日向贡嘎山主峰发起冲击。就在他俩距离贡嘎山顶还有五十米的高度时，贡嘎山发脾气了，大雾卷来，漫山白雾茫茫，狂风暴雪猛烈地扑打着他们，一切信号都被中断，一直到黄昏，失去联系的登山队员依然杳无音讯。有经验的登山队员们心中明白：两名队员可能遇上了雪崩，生死存亡不得而知。

第二天天刚亮，余下的队员和登山队的服务向导在雪山冰川上四处寻找，但失去联系的队员依旧毫无踪影。一个星期过去了，在极度缺氧、缺水、缺粮的艰苦条件下，加上恶劣的天气和险峻的山势，登山队料定二人没有生还的希望，决定返回日本。临走前，他们采集了贡嘎山上的野花扎成了花圈，并将携带的食物供上，在大本营举行了沉痛的悼念仪式，告别了为征服贡嘎山而献身的伙伴，带着惋惜和悲伤离开了磨西镇。

5月19日，磨西村的彝族村民毛光荣、毛绍军、倪民全、倪红军进海螺沟挖虫草，当天晚上就住在海螺沟森林的山洞里。第二天下午，他们到达了海拔两千八百五十米的冰川舌口地带，在当时称之为"冰川城门洞"的附近发现了松田宏也。当时的松田宏也面部朝下趴在地面上，只能看见他穿着红色的呢绒登山服，裤子是蓝色的，外套风衣铺在地上，衣裤已经磨烂，双脚从磨破的袜子里露了出来，皮肤已经变成深褐色，裸露在外的部分已经开始腐烂，发出了阵阵恶臭，引来了许多虫子。四人看见这情景以为这人已经死亡，出于好心想帮忙收殓尸体，他们上前将"尸体"翻过来时看见此人双眼深陷，满脸水泡，胡须丛生，其中的一名村民上去探了探鼻息发现，人居然还活着，但也只剩一口气，奄奄一息。毛绍军从一旁的登山袋中找到了笔记本，上面写有"松田宏也"的字样，于是断定这就是遇险的日本登山队员。

见松田宏也还活着，四人决定立即把他抬出城门洞。他们手挽手编成担架，小心翼翼地将松田宏也抬到附近挖药人住的窝棚处，用塑料布搭成了帐篷，脱下了身上的察尔瓦（彝族披毡）给松田宏也盖上，立即生火烧水，给松田宏也喂了些热水。慢慢地，松田宏也睁开了眼睛，但人依旧十分虚弱，没办法开口说话，他们从松田宏也的比画中知晓他的另一名队友管原信已经遇难。就

2002年松田宏也回到磨西镇与四位发现他的山民合影

这样艰难地度过了一夜，第二天，天刚蒙蒙亮，其中两位年轻人便飞奔到磨西镇报信。

松田宏也还活着的消息在磨西公社的高音喇叭里反复播放，两个小时就组织了四十多位青年志愿者奔赴海螺沟冰川。范医生得到消息后背着红十字药箱，从德威乡坐着拖拉机在第一时间赶到磨西，同磨西卫生所的医生组成了医疗救护组。故事的后续就是范医生在1987年考察途中讲给我听的。

那天，他们连夜打着电筒摸黑前进，几个小时电筒的电用光了，他们又用火把照明，这山间星星点点的火把光亮真有点像当年红军夜间飞夺泸定桥的景象。走到一半时，星星已躲进了厚厚的云里，没多久天便下起了暴雨，因为救援小组出发紧急，救人心切，并没有考虑天气状况，雨具准备不充分，在森林中也没有地方躲雨，大部分人在大雨的冲刷下艰难前进。范医生考虑比较周全，虽然带了雨衣，但唯一的雨衣也只能优先保护好随身带的药品，不能给自己遮风挡雨，范医生的全身也被雨淋湿了。这雨下了一阵便停了，星星也出来了，天也快亮了，救援小组一直没有停下脚步不断前进，他们身上的衣服也被他们的身体温度烤干了。

当范医生第一眼见到松田宏也时，看见他的脸因严重冻伤皮肤发黑，因为很久没有吃到东西，他整个人瘦得能看见骨头，全身上下也到处是因冻伤而导致的皮肤溃烂，四肢的肌肉基本已经坏死，伤口处还有很多蛆虫。范医生同磨西卫生院的医生们一道给松田宏也坏死和腐烂的伤口消了毒，做了一些简单的处理后，又把一些抗生素和消炎药碾磨成颗粒拌着玉米糊小心翼翼一小口一小口地喂给松田宏也，让他稍微有一点力气支撑着下山。为了尽快下山，同时也为了松田宏也在近三十公里的山路中少吃苦头，一部分救援小组的山民天不见亮就用刀和锄头在下山的路途中开辟了一条二十多公里的小道。救援队员把带来的门板改成四人抬的担架，几十个救援队员分成若干个小组用接力的方式轮换着抬着这个只剩下一口气的日本人。为让担架始终保持平衡，好几位山民的脚踝都被坑坑洼洼的山路扭伤，有的山民手背和脸被带刺的树枝划破。下山途中范医生既要照顾松田宏也，还要给受伤的山民治疗，因此不断地在队伍中跑前跑后。

就这样经过七个多小时的艰辛，救援小队终于能够看到远处的磨西镇。但到达磨西镇前必须经过最后一道难关——空中吊桥。我记得三十多年前我第一次进海螺沟就走过那座用木板铺成的钢丝吊桥，通过这座桥需要十足的勇气才敢迈步。两根杯口粗的钢丝缆绳是桥的主体，钢缆下用铁丝编成了稀疏的网，桥离谷底大约有一百米深，桥面上铺了木板。在桥的两端还可以扶着钢缆前进，一旦走到桥中间那钢缆却和膝盖等高，于是就站在一米多宽两边没有遮拦脚下有许多裂缝的木板上，木板不停地晃动，真的十分吓人。人从木板上走过，一踩就晃，看着就晕，如桥上两人面对面同时过桥，则需侧身艰难通过。

到吊桥前大家稍事休息，范医生看见抬担架的青年手上已满是血泡。他立即替换下这位青年，他担心青年过桥时因桥面摇晃把血泡磨破，影响过桥进度。那位青年有些不好意思，范医生安慰他说："我经常在贡嘎山一带采药，过桥时身体要随着桥的晃动而动，四个人的脚步要跟着节奏走。"范医生给三位救援人员传授过桥经验，大家在一声声的口令下顺利过了桥。过了这座桥后，范医生才发现自己的衣服早已被汗水浸湿了。镇上的领导和医院的同事早就在桥头等候他们，马上将松田宏也送到了磨西镇和新兴乡之间最近的甘孜州皮肤病防治医院，医院人员全体出动紧急抢救，就在这天晚上，磨西公社的广播站里又传出号召大家为松田宏也献血的消息。刚吃过晚饭的磨西山民从四面八方涌向医院。

磨西吊桥

范医生说来的人很多，男的女的，甚至还有一位不到五十岁的自称是"青年"的人。这些山民都集中在皮防医院的篮球场，依次验血。范医生参与了抽血的工作，他说那个场面很感人，大家都觉得自己的血能救人是一件很光荣的事情。在皮防医院的会议室里，有十七位磨西山民为松田宏也献了血。

为了确保日本登山队员获救，当时的成都军区还派来直升机，松田宏也转到了成都华西大学附属医院，那是四川最好的医院。经检查，松田宏也除四肢冻伤外还有胃穿孔、腹膜炎，经手术治疗后又出现了双足坏死处的继发感染——败血症、肺炎、褥疮和播撒性的血管内凝出血等严重情况。医院立即成立多科室医护人员抢救小组，为了确保松田宏也的生命安全，对二十六岁的他进行了双小腿和手指截肢手术。经过一个多月的精心治疗，终于将他从死神手里抢了回来。7月12号，松田宏也痊愈出院，乘飞机上蓝天，飞越大海，东归日本。

五年之后，海螺沟冰川公园得到了开发，旅游部门还拨专款从2号营地热水沟口沿当年抢救松田宏也的艰险山路，修建了旅游小道，被命名为"松田宏也小道"。就是在那段时间中，我与范医生交上了朋友，每次听他讲述这段故事时我都很佩服他和其余的山民。

松田宏也为了感恩，也两次回到磨西感谢发现他的四位救命恩人和抢救他的磨西山民。我问过范医生，松田宏也回来的两次他是否都在场，是否见过松田宏也，范医生说："后来松田宏也带了许多礼品回来感恩，拿到礼品的村民都很开心，听说有些没有得到礼品的村民还生气了。我也知道松田宏也回来，但是我当时没有去磨西，作为医生参与抢救是天经地义，是职责所在。再说他是外国友人，他登贡嘎山遇难还坚持了十九天活下来，是个奇迹，我很佩服，能够为此做一点小事，心里很高兴很开心。"

2009年10月

大会堂的讲稿

2007年7月6日晚上,一位军区战友给我打电话,在电话里他很激动,说国家对我这几年帮助麻风村的事做了重要批示,明天军区政治部要派车来接我,叫我告诉住家地址。这位战友是成都军区《战旗报》的总编,比我要小好几岁,突然的消息让我吃惊,我在电话里不知怎么说了一句"这事搞大了",其实这句话是我的口头语,后来在许多场合被流传。

第二天一大早,我家的门口就有一辆军用牌照的奥迪车在等待,上车后,直奔军区政治部大楼。当走进会议室的时候,满屋的人全部起立向我鼓掌,有将军、大校、上校,还有不少文职军人,那种敬佩的眼光,只有在二十八年前我打破全军田径十项全能纪录的时候感受过。我坐下后,一位大校讲明了请我来的目的,他在介绍我的过程中,多次称我为政治部的老首长,我说我1973年是经成都军区政治部批准入伍的,是一位体育兵,谈不上什么首长。就在那一天,我看见了"中偵通字〔2007〕801号中央领导同志批示通知"的传真件。文件中说,林强同志事迹感人,是军转干部的优秀代表,要宣传他的先进事迹和崇高精神,激励广大干时刻把群众利益放在第一位。因此，成都军区想在第一时间对我的经历做全面的了解。那天他们问了我很多问题，一直持续到下午，第二天又安排了记者单独采访。

8月1日，我又作为特邀代表参加了全军的英模大会，受到了国家领导的接见。随后中央决定9月14号上午在人民大会堂举行"林强同志先进事迹报告会"。报告会由国务院军队转业干部安置小组、中组部、中宣部、人事部、总政治部和四川省委组织，报告会的讲稿由成都军区和四川省委负责起草，然后再送审。

经研究决定，主报告由林强做《共产党员要做好人中的尖子》，另外由教育厅党组成员、机关党委书记李卓明做《他时刻把群众利益放在第一位》，凉山州布拖县的民政干部阿什俄日做《他把"麻风村"的人放在心上》，凉山州布拖县阿布洛哈村林川小学小学生且沙么子做《我们的林爸爸》，原成都军区政治部体育办公室主任王纯斌做《他始终保持着军人的本色》，中央人民广播电台记者谭淑惠做《一心为民的好干部》等系列报告。为了配合这场报告会，中国文联和中国摄影家协会还在人民大会堂的小礼堂前，举办了"林强阿布洛哈村纪实摄影展"，通过影展展现了艺术家的责任。

9月14日的那场报告会，激起了二十余次掌声，有一位在场的中央媒体记者说："报告会太感人了，林强的报告没有豪言壮语，他讲述的那些朴实而真实的事直插每个人的人心。"他在台下拍摄时，目睹很多听众含着泪水听完报告，那一刻他自己的眼睛也湿润了。

报告会结束后,一位中宣部的领导把我拉到一旁对我说:"谢谢你,林强,报告很成功。"随后又补了一句,"你是第一位在人民大会堂自己写稿自己讲的全国重大典型。"

这件事要从 2007 年 8 月说起,成都军区接到中央"林强事迹报告会"任务后,立即抽调了二十多位新闻宣传干部入住成都金河宾馆,分成了六个小组,每组三到四人。这批年轻人对林强事迹报告会的六篇讲稿撰写非常认真,但由于很难采访到我,只能在网上查阅有关我的信息和资料,因此在文字中把我的事迹进行了过多的渲染加工,如写我当运动员时期十分刻苦,我认为自己的确很刻苦,如果不吃苦,按照我的身体条件,怎么能打破全军纪录?但他们写道,我在力量训练的时候,两百多公斤的杠铃一抓就扛在肩上,我说如果能做到这样我就是世界举重冠军了!他们还写道,我喜欢大山,经常去高海拔的贫困山区,曾经与狼和熊搏斗过。我说,这四十年我见过狼,但从来没见过熊,更没有跟它们搏斗过。还有许多刻意拔高的语言,我告诉他们不能这样写,这些话我在人民大会堂是讲不出来的。他们对我说,他们写过许多先进人物的讲稿,让我一定配合他们。我和他们有了矛盾,但这些人的出发点也是为了宣传我,我只好跟他们软拖,有一个多星期不见他们。负责这批讲稿的领导这下急了,他们找到我所在单位的领导,我们单位的两位主要领导为此专门找我谈过一次话,他们说,写稿的人每天都熬到深夜,有的家里父亲病危都没有请假,要我一定配合好他们的工作。我不好跟领导解释原因，稿子一直得不到我的认可，也无法给中央送审。这件事情闹得很大，听省委宣传部的一位处长说，最后是中宣部通过调查，认为我本人有能力写稿，所以我的讲稿由我自己撰写，其他五篇讲稿由我统稿。

  我留下了省委宣传部的一位同志和部队的一位同志，用了两天的时间，完成全部讲稿并报送中央，中央有关部门审查后非常满意，所以才有了后来人民大会堂观众听报告的效果。人民大会堂报告结束后，我又去了五个省巡讲，最后回到四川，在成都军区大礼堂进行了报告。报告结束后，那位当时组织写稿的大校领导，激动地冲到我面前说："今天的报告太感人了，我控制不住掉了两次眼泪。"我握住他的手说："这就是真实的力量！"

2008年7月

人民大会堂报告会

大瓦山之行

2006年6月，我同地理学家范晓受《中国国家地理》杂志的委托，对四川大渡河金口大峡谷的大瓦山进行了一次考察，尽管这几年我多次来过金口大峡谷，对那里的环境有所了解，但要攀登巍峨的大瓦山必须要对这座山有初步的了解。查阅相关资料后，知道1903年6月30日英国植物学家、探险家欧斯特·威尔逊曾来到大渡河北岸的大瓦山下，后来又听范晓介绍，威尔逊当时是从乐山出发，经过六天的艰苦跋涉到达了山脚下的天池。他走的是明清时期的镇西古道，因为地形险阻，这条古道没有沿金口大峡谷而行，而是由五池村翻大瓦山北侧的蓑衣岭，经汉源通云南，这使威尔逊没有机会一窥大峡谷的壮景，但大瓦山的奇特也足以让他惊叹不已。

威尔逊笔下的那种兴奋，让我们还没有靠近大瓦山时就能体会到，尤其是当那空中楼阁似的平顶高山在云雾中突兀而现的时候，你会有一种魔幻世界的感觉。

登大瓦山很艰难，好天气更是可遇不可求，但我们登山时正好遇到大晴天，本来由大天池至瓦山垭崎岖的乡村公路可通，但

大瓦山

为了阻止山上的非法采矿活动，公路被阻断，所以只好像威尔逊一样，由大天池开始步行，到瓦山埡时我们已经耗费了大半体力，真正的瓦山险径才由此开始。

瓦山埡以上之所以难行是因为要不断地克服一级又一级的垂直岩壁，除了岩石风化崩落后形成的一些石坎迂回上行外，所谓的路，常常是顺着岩缝搭起的木梯。由瓦山埡上行的另一段路是莲花崖，路两侧丛生的杜鹃花为恐怖的险景增添了一丝冷艳，我摆动着相机，斜身取景，不小心脚被卡在了石缝中，好不容易才拔出来，脚踝受了点伤但还可以忍痛前行。

攀上莲花崖后便是窄窄的起伏不大的山脊，当地人叫滚龙岗，这里离大瓦山顶约有三百米的落差，而这是登山途中视觉感受最让人震撼的地方。

滚龙岗最宽的地方不到三米，最窄的仅有一米左右，两侧是不见底的深渊，前方是耸立的大瓦山顶，山顶的西、北两侧都是绝壁，滚龙岗在大瓦山这个三角形的北角，岩层风化后残留狭窄的突出部位，正好成为登顶大瓦山的最后一级台阶和天然廊道。

　　滚龙岗之上的路段用威尔逊的话来说非常险峻，这里有登山路上最高的几道峭壁，每一道十五至二十米高，完全靠石缝里的木梯来攀爬，其中一道因石缝太窄只能拽着绑在那里的几根铁丝才能上去，帮我们背行李的乡民最怕走那段路，因为怕背篓被卡住而动弹不得。威尔逊当年登山时还带上了他的狗，在攀登这段路时不得不把狗的眼睛蒙上，但狗仍然受到惊吓，差点让威尔逊摔下悬崖。

　　我打着空手走在队伍的最后，手脚并用费尽全力往上攀爬，当通过最高的也是最长的那段木梯后，剩下的路就变得更容易了。

　　我们登上山顶时已是黄昏，我立即看了一下随身带的海拔仪，高度指向了三千二百四十米，我仔细算

两面峡谷有近一百米高，这是二战时期修建的乐山至西昌的简易公路，是大瓦山下村民唯一一条出山的公路（2010年拍摄）

从大瓦山上看贡嘎山

了一下全程共用了八个小时。大瓦山是个平坦略有点起伏的高原，面积约1.6平方公里，山顶有小溪蜿蜒而行，暮色中依稀可见空地里生长着茂密的杜鹃和樱草还有许多残余的冷杉及其幼树，我惊叹一百多年后山顶的景象仍然如威尔逊描述的那样——最有魔力的天然公园，只是威尔逊看到的那座菩萨寺早已不见了，山民在寺庙原址重修了木屋，既有新刻的木制佛像供朝拜，也可以让游人在此搭地铺过夜。

第二天早上天刚蒙蒙亮，我就在山顶选点摄影，太阳从东边出来正好面对贡嘎山，我拍下了贡嘎山的这张照片，在此留下了贡嘎山的珍贵影像。贡嘎山就像飘浮在天边的圣山一样，山下重峦叠嶂，最前方是大渡河金口峡谷典型的地质剖面，这一切都同贡嘎山融为一体，形成了壮美的画面。

站在大瓦山顶向下望，一条灰白色的带子在大渡河北岸的崇山峻岭中蜿蜒起伏，这就是二战时期开辟的乐西公路（乐山到西昌的公路），抗战时期很多战备物资都是经滇缅公路转向四川再绕道贵州的，当时这条公路是战时的最重要的国际交通线之一。

蓑衣岭海拔两千八百米，是乐西公路的最高点，因终年云雾弥漫，雨水侵蚀，行人翻越山岭时必备蓑衣斗笠等雨具，故名"蓑衣岭"。

岩窝沟那段峭壁路今天穿过时也体会到了天险，据说修建乐西公路时动用了二十余万人，死亡者高达一万，虽然乐西公路许多路段今天因改建已面目全非，而蓑衣岭两侧的路段还基本保持着原来的面貌，沿途还可以见到当年碾路的大石碾，但诸多筑路工人的坟冢已难觅踪迹了。

大瓦山的东北面是峨眉山，西北面是瓦屋山，从地质地貌的结构来看，这三座山的确是一脉相承，它们相似但又都有各自不同的特点。峨眉山、瓦屋山都是炙手可热的风景名胜区，可以乘索道上山，而大瓦山只能凭着小道才能攀上山顶，对热爱大自然的旅游者，它会给你一个不小的体力和意志的考验，也是一个能让你真正回归自然的地方。

2006 年 6 月

戈壁之风

风是大自然的产物，它融入人们生活中，不论你是否愿意，都将面临。随着天气变化，有时天空中会出现微风、狂风，有时也会出现旋风和飓风。如不是我亲眼所见，谁也不相信风能把正在行驶中的大卡车刮翻。

1998年秋天，我和朋友驾驶着一辆北京213型越野车奔驰在哈密至吐鲁番的公路上，这段路程大约有三百八十公里，沿途除了几个小村镇外，基本上是一望无际的戈壁滩。那天，天空万里无云，在深沉的寂静中，突然刮起一阵疾风，疾风把沙石刮得发响，音调十分特别。风在每一阵飞奔中，把声音分化成低音、中音和高音。这种声音只有在这里才能听见。我们的车在公路上不时被风刮得有些摇摆，司机已把车速降至三十迈，小心驾驶着。风还在不停地刮，从侧面刮过来的风越来越猛，越来越有力，并不断加速，估计风速已经超过每秒四十米的速度，我们只好把车停在路边等着风小后再走。就在这时，前方七百米左右迎面开来了一辆卡车，还没有等我们看清它，卡车已被一股横着刮来的飓风掀翻在公路旁的沟里，当时我们都不敢相信自己的眼睛，但这一切又都是真的。我们驾驶着车，顶着飓风慢慢地靠近大卡车，风太大，我们无法打开车门，透过玻璃窗看见许多葡萄筐和被压碎的葡萄撒满公路两旁。

数分钟后，风减小了。我们立即下车帮助卡车司机从驾驶室里逃了出来，幸好在出事时司机有所准备，只受了点轻伤。

司机叫王德才，家住四川安岳县，今年儿子初中升高中差十二分没考上安岳中学，通过关系得到了上安岳中学的机会，但需交择校费四千元。他想通过这次运葡萄平安回成都后，解决儿子的上学费用，没想到遇到了这样的飓风。说到这里，他双眼饱含泪水，再也说不下去了，我们也不知怎样才能安慰他，就把随身带来的食物和药品分了一部分给他，便继续往前帮助寻找吊车救助。路途中，我们都沉默不语。

1998 年于乌鲁木齐

戈壁之风

给钱智昌的信

亲爱的钱智昌:

您好!

十年前的5月,在四川凉山一个偏僻的山村,夕阳投洒在贫瘠的山梁,黄黑的土地顿时变成了橘红色。我站在山梁上远眺,突然被您赤着上身,双膝跪地的劳动场面吸引。您像机器人一样挥举着锄头,身躯在夕阳下构成的剪影是那样有力和优美。那一刻,我拍下了您有生以来的第一张劳动画面。当时,我仅仅是因为好奇,想给您留下影像。结果您却把我带入了您的生活,让我多次来到您所在的村庄。如今,您不仅是我的好朋友,还是我儿子的生活导师。

当我知道您十二岁患上了麻风病,在山洞里住了六年时;当我知道二十余年来您在开垦的荒地上收获了十八万斤玉米时;当我知道村里有很多户人家都得到过您的帮助时;当我知道您一辈子没有成家,但多年来供养一位大自己十四岁的老人时,我这个四肢健全的人不仅感动,更是羞愧。为了这种感动和羞愧,我开始了解您、用相机记录您、尽力去帮助您,我这么做的目的,其实是想让更多的人知道您,知道您的坚韧和不屈,知道您的善良

2007年，我拍下了钱智昌有生以来的第一张劳动画面

和高贵。

在六十七岁那年，您不愿看到村里人都外出打工荒着土地，于是您承包了其中的三亩地。这一年，我四次来到您的身边，用手中的相机真实地记录了您在那块坡地上播种、施肥、收割的劳动过程。从您嘴里吐出的玉米种，在土地里经过胚胎发芽，一星期后，这些小芽破土而出，在阳光的照射下，嫩黄的小芽转眼就变成了油绿的幼苗。由于您嘴唇无法控制播种时每窝的统一数量，半月后您增加了择优选苗的工作，在您的精心培育下，那些小苗逐渐长粗、长高，并开始拔节；六十天后，在抽玉米花时，我又

见到了您在那块土地上锄草和施肥；一百天后，扬花受精后的玉米棒子越长越大。您告诉我这三亩地的玉米收成在一千二百斤左右时，我真为您高兴和骄傲。很快，我拍摄到您收获玉米的整个过程。我从摄像机里反复回放着您双膝跪地，背着一百余斤的玉米棒子，在山坡上一步一步地倒退着下山的场景，您跪退行走的每一步都彰显着您对生活的向往和不屈的精神。在用影像记录您的那种坚强和自信的过程中，再一次让我的心难受得如同针刺。

我每次与您告别时，您都会给我一封信。您手不方便，写信要比正常人多花好几倍的时间，可您在信中没有丝毫的抱怨，全是感激和对生活的向往。您把我每次送您的一些物资和生活费都丝毫不差地写进信里。为了不让我再从成都给您带东西，您把一辈子种玉米所换来的六万余元存款的秘密告诉了我，那一刻我悄悄地流下了眼泪。您说得最多的话是"对不起"和"谢谢"，其实我们最该感谢的是您！在20世纪的50至60年代，是您和那批麻风病人为了其他人的健康选择隔离，才使麻风病没有大面积扩散，为此我们都深怀感激，为了这种感激，我们应该让你们现在的生活过得好一些，让你们在生命的最后阶段再一次感到祖国大家庭的温暖。

您最大的愿望就是坐一次飞机到一趟北京，站在天安门前照一次相，今年我陪着您实现了这个愿望，我看见您在星级宾馆卫生间里如同小孩一样好奇，这趟为了您，我想也值得了。当您知道您住的那间房每晚要花七百元时，您告诉我"天安门、长城都看了,明天我们就回去吧,我们县上旅馆住一晚只需二十五元"时,我想您是在为我着想,我知道您来一次也不容易,想着让您尽量多看一些,多感受一些。

当我把您的故事讲述给朋友时,朋友说:您是一面镜子。每一个人面对这面镜子,不仅会照见自己躯壳里最不光彩的那些浊念,同时还能找到人生的价值和尊严。

作为摄影人,我用手中的相机记录着您近年来的生活点滴,以图片和鲜活的事例将您的感人事迹传递给热爱生活的朋友们。您那些真实的故事会感动和激励许许多多的人。您的精神和品格一定会活得很长,即使千百年后,我相信人们还能从今天记录您生活的影像画面文字中,感受到生命的力量。他们一定会骄傲地告诉自己的儿女,中华民族不仅有着坚强不屈的精神和高贵的品质,而且有着实现梦想的智慧和毅力。

2016 年 11 月 1 日

我与陈老师的一次难忘旅行

1987年10月20日,我受邀参加了海螺沟的开营仪式,从开营仪式的1号营地徒步到冰川需要两天的时间,活动结束后我和陈富斌老师又徒步去了一趟冰川。沿途的原始森林、冰川瀑布、高山温泉这些自然风光真是美极了。我一路上都像小学生一样请教陈老师各种问题,我问陈老师是什么时候开始接触贡嘎山的,为什么会对贡嘎山这么感兴趣,通过陈老师的回答我知道了陈老师第一次接触贡嘎山是在1973年,就是在那次陈老师了解到了我国南北走向的横断山系的最高峰——贡嘎山。

贡嘎山主峰海拔七千五百五十六米,是青藏高原东部的最高峰,也是南北走向的横断山系的最高峰。既发育了大规模海洋性冰川,又拥有许多动植物和稀有濒危物种。贡嘎山东坡从大渡河谷至主峰距离为两万九千米,但是落差高度却达到了六千四百五十米,也是地球大陆上切割最深和景观生态组最丰富的地区之一。贡嘎山有绝妙的冰川地貌和罕见的雪山胜景,景观多样性很强,在其他地方也很难见到这样的景象。1973年,陈富斌老师查阅了大量资料,并写出了大量的学术报告;1979年,成都地理研究所同意了他的提议,由他组织了贡嘎山综合地理考察;1980年,综合考察结束后,陈富斌老师提出了两个建议,一个是建立贡嘎山自然公园，一个是建中国科学院贡嘎山高山生态系统观测实验站。七年后，海螺沟森林冰川公园已经面向全世界的游客正式开放，陈老师的第一个建议变成了现实。

海螺沟开营仪式后，陈富斌老师再一次向县政府提出了：先在3号营地上建立一个生态气象观测点，等条件成熟后，在磨西再建立一个贡嘎山生态系统观测试验站。陈老师说不要小看这个在海拔三千米左右的观测点，它不仅可以了解分析海螺沟深处森林和冰川一带的气候，还能研究贡嘎山东坡森林生态和大渡河河谷区域的环境，为保护和利用我们的自然遗产资源提供依据。这一建议很快得到了落实，县里立马在海螺沟现场召开了办公会，确定海螺沟管理委员会办公室和中科院地理所共同在3号营地处建立生态气象观测点。一个月的时间在海螺沟管理委员会办公室主任邓明前的督促下，在平整的三亩地上建立了四间房屋，其中两间是办公用房，另外两间为生活用房，县里还安排人事局招聘了两名观测点的合同工人。

陈富斌老师回到成都后，也积极筹备观测点物资，当时时间紧迫，经费困难，陈老师的课题经费只余下六千元，于是陈老师只好到处求助他的同学、同事。我被他的精神感动了，也自愿为他跑腿出力。为了买一个手动的风速仪，我从城东跑到了城西，一共去了五六个商店进行对比，回来后向陈老师汇报时，他还是觉得价格太高，为了节约十八块两毛钱，陈老师最后带着我在气象学校旁边的店铺里买到了成都市价格最低又实用的手动风速仪。

经过陈老师一个月的筹集，观测点的器材设备基本齐全，在打包时为了节约打包费用,我挑起了打包设备的重任。那些器材十分珍贵,需要一个一个装箱,箱外还需要用草带捆绑好。我一个人从早上忙到了下午,手在长时间工作下起了血泡,腰也直不起来了。陈老师为了联系运送设备的车辆,也忙到了下午。等到晚上八点,一辆两吨半的中型卡车开到了我们面前,我同陈老师、高生淮老师一起把打包好的二十六件器材装上了车。高生淮老师是气象专家,他比陈老师大七岁,当时已经快六十岁了,他听说我第二天要陪陈老师一起去海螺沟运送器材,一个劲儿地对我说:"辛苦你了,等你们把器材送到安装完毕后,我会在春天的时候去海螺沟培训刚招聘进来的观察员。"后来我从陈老师处得知,高老师因为有哮喘,冬天的时候不能上高原。

20世纪80年代去海螺沟,一般都是途经雅安,翻二郎山,到泸定县后再去磨西。那时候翻二郎山有交通管制,一天进,一天出,有经验的司机从成都出发第一天会住在二郎山下的新沟小镇,这个小镇当时因二郎山而闻名,每天这个小镇会集中上千辆各种型号的车,这些车都按照"小车前大车后"的顺序依次排着队,等待着第二天一早的放行。那个年代,小镇上还没有交通警察,只有几个小镇上的管理人员,司机们都十分自觉地遵守规定,好像插队是一件耻辱的事情。

我和陈老师还有司机一行三人住在一间很简陋的招待所里,第二天天刚亮,我们就在浓雾中出发了。汽车在冰雪路面上前行着,所有上山的车都把防雾灯打开了,车速只比走路快一点,公路两边的树若隐若现,好似进入了梦幻世界中。担心两旁森林里突然蹿出动物来，我和陈老师都打起精神帮着司机观察路况，特别怕转弯时遇到暗冰路面。好在前面带路的车尾灯没有损坏，加上司机对于开冰雪路比较有经验，一路还算顺利。开到半山时，碰上了堵车，所有车都在半路停下了。外面气温很低，公路两旁的树上洁白晶莹的霜花缀满了枝头，美丽动人。我下车才拍了两张照片，双手就被冻得发红，只能回到车里。我

三十二年后的气象观测站

问陈老师："这里的海拔比冰川要低，为什么气温还会如此低？"陈老师解释道："我们所处的位置是二郎山的阴山面，湿度大，光照少，所以气温会比冰川上还要低。"我们的车已经在半山腰的山路上等了一个多小时了，我心里开始有些不耐烦，想去前方看看到底出了什么事，但陈老师很镇定地告诉我应该快通车了，因为是单边放行，不会有大碍，如果饿了，吃点东西喝点水。原来头天晚上陈老师去小卖部买了一大包的食品，就是为了预防第二天途中会出现的突发状况，这些都是上高原的必备。我一边啃着零食，一边赞叹陈老师经验丰富。他告诉我，1983年的夏天，他从康定乘坐公共大巴回成都，车子在经过二郎山时遇到大暴雨，

行走记忆 119

河水猛涨，冲断了前方新沟镇的公路，而且他们半小时前刚经过的路也出现了塌方，于是一百多辆车就被堵在了二郎山山腰处。陈老师在大巴上熬了一夜，那天夜里他几乎没怎么睡觉，一直想着怎样赶回成都参加会议。第二天陈老师见车子还没有通车的迹象，便徒步下山，他从半山间走到冲坏的公路处足足走了九个多小时，一路上全凭着背包里的半斤水果糖补充体力。从那以后，陈老师每次上高原前都会带足了食物以备不时之需，我也记住了他说的话。陈老师讲完他的故事后车子已经开始慢慢移动了，走到出事点后才知道是因为一辆车打滑导致两车相撞，我看到一台车横在公路中央，只差几十厘米就到悬崖边了，真是很险。

我们到达泸定县城已是下午，那个年代泸定县城只有两条街，前街靠大渡河，最热闹的后街也不过五百米长，一支烟的工夫就可以穿城。我们住进了县委招待所，我和陈老师在一楼公共澡堂洗了澡后，好好地睡了一觉，接下来的路将会更辛苦。第二天早上七点我们从泸定出发，到达磨西已是中午十二点，海螺沟管委会的主任邓明前为我们准备了二十匹马，并安排八名当地青年护送我们进沟。护送队伍中的好多人都认识我们，见到我们非常热情，还没等我们吃完饭，他们就把器材设备全都放在了十八匹马上，剩下两匹马留下给我和陈老师。我告诉他们我不用骑马，我能自己走，半年前我还上过二层山拍照，但他们依旧非常坚持，我只好服从了他们的优待。到2号营地时，天已经黑了，那天我们住在森林怀抱的温泉宾馆里，吃着特色的老腊肉，喝着当地的米酒，呼吸着新鲜的空气，看着天空中的半月，真是赛神仙。一路上有了这八个青年和二十匹马，我和陈老师的进沟之路变得异常轻松，为了回报和宣传海螺沟的壮美，我毫不吝啬我那用整整一个月的工资买的三卷胶卷，一次又一次纵情地按下快门。现在想想还是有些遗憾，我当时光注意到了美景，却没有给那八个青年拍一张照片。

把设备安全地送到3号营地的观察点后，我便利用陈老师安装设备的时间再一次上了冰川。陈老师嘱咐我多拍一些冰阶梯和冰舌城门洞的照片，还特意让我一定要拍到"冰川在下，森林在上"的图片。我临走之前，他还笑着威胁我说："拍不到我想要的照片，你就别回来了。"那天我在冰川上足足逗留了一天，回到观测点已经天黑，还有两天就是1988年的新年了，我与陈老师盘算着用什么办法可以最快回到成都。最终结论是：最快的途径是从乌斯河火车站乘坐从昆明开往成都的慢速列车回去。这个火车站只有一趟深夜十二点十分到达的列车，我们要坐上这列火车，必须要在上午十点前赶到大渡河对面，等候一天一趟的从泸定开往乌斯河的大巴车。12月31日一早，我和陈老师搭拖拉机，然后徒步走了一个多小时，来到了大渡河边，准备经过横跨大渡河的吊桥。这座桥是当地人用几根铁链固定在大渡河两头的水泥墩上，铁链上铺上木板，木板两侧只有几根铁丝做扶手，防止过桥的人因桥面晃动掉进大渡河。五年时间里，已经有好几人失足掉进大渡河。过桥时，为了避免桥面晃动太厉害，每次最多两人可以同时过桥。好在我们过桥时在冬季，如果是夏季涨水，这座桥便无法通行，只能绕道二十五公里处的德威大桥才能过河。为了赶时间，我和陈老师只能从这座铁索桥过河，上桥时我一手拉着铁丝一手拉着陈富斌老师的手，小心翼翼地往前挪，很多桥面的木板因陈旧而毁坏，吓得我所有的神经都绷了起来，大气都不敢喘。好不容易通过了吊桥，我和陈老师都出了一身大汗，好像打了一次胜仗。

挤上了开往乌斯河的大巴车，又被人前拥后挤地站了很久，一直到石棉站时陈老师才找到了座位，而我只能坐在司机旁边的引擎盖上。下午五点，我和陈老师到达了火车站，我们在候车室一直熬到了半夜，火车晚点了十五分钟到站。上车后根本没有找到座位，过道里全挤满了人，车窗也全关闭着，车厢里散发着各种汗臭、脚臭、烟味、食物霉味。对于刚呼吸完大自然新鲜空气的我们来说，这简直太折磨了，就像又进入了另一个世界，头昏沉沉的。为了给陈老师找座位，我艰难地在人群和行李中穿行了好几节车厢，终于找到了一个在峨眉山下车的旅客。我不停地跟他聊天、套近乎，最终他同意在他下车时把座位让给陈老师。而我则一直站到了成都火车站北站，到站时两腿发胀发麻，脚都迈不开步子，但是一想到要回家了，又打起了精神。

回家时，正值元旦，人民南路举行迎新长跑，我们回家的16路公共汽车已经停运，我只好叫了一辆人力三轮车。坐上三轮，我们乘着新年的春风，有一种说不出的喜悦。若干年后，这种喜悦会常在我的梦里出现。

2015 年 8 月

国旗下的吉嘎老师

2001年，从六巴乡去往玉龙西村的公路通车了，虽然是一条只能通小车的毛路，也给玉龙西村的牧民们带来了许多便利。从那以后，我每年都会去玉龙西，每次都会把车装得满满的，让那里的学生也能用上和城市孩子一样的日用品和学习用品：我不仅仅给他们带了很多体育用品和器材，还给他们带上了牙膏牙刷和香皂等生活用品。有一次我问吉嘎老师："孩子们还有什么需求，还要我做点什么？"我的本意是想为他解决一些生活上的困难，可吉嘎老师却说："我们学校的那面国旗旧了，我们想换一面新的。"听完后，我非常震惊，没想到吉嘎老师会提出这样的要求。今天，很多孩子问我"什么是爱国"，有人将爱国变成了口号，还有人变成了道德绑架，更多的人是迷茫，不知道什么是"爱国"。在我看来，爱国就是踏踏实实做好自己的事，过好自己的日子，所谓"穷则独善其身，达则兼济天下"，这便是爱国。这位普普通通的藏族老师，在二十年的职业生涯里，用心做好自己的工作，让他教导过的藏族孩子，认识祖国，了解祖国，让国旗的光辉每一天都照在孩子们的身上，将来回馈祖国，这就是爱国。那天以后，我更加敬佩吉嘎老师，我从他那里懂得了什么叫淳朴，什么叫忠诚。

国庆假期前，我带着国旗来到了玉龙西村小，将一面崭新的国旗在学校操场上升起。当国旗缓缓升起后，我让每一位学生都在国旗下留下了自己的影像，其中有不少学生还是第一次照相，镜头中的表情有些僵硬不自然，手脚有些无所适从。但一个月后当他们见到自己照片时，脸上都乐开了花，围在一起分享照片中的点滴，分享自己的快乐，叽叽喳喳，那是发自内心的开心。我给学生拍完照片后，吉嘎老师让学生们回到教室，给他们上了一堂国旗课。他用朴实的语言告诉学生，国旗上面有五颗星星，中间的最大的五角星带领着四颗小星星，而小星星都紧紧围绕着大五角星，这个大五角星就象征着共产党，而其他的几颗星都代表了各族的人民，其中就包含了藏族同胞，所以现在起大家要好好学习文化知识和本领，将来为家乡、为祖国出力。我听着吉嘎老师讲课，那么朴实，又那么生动，我也终于明白了吉嘎老师需要我为他带新国旗到这里的用心。

上完课后，我在学校围墙外选了一个位置为吉嘎老师单独拍一张照片。这个位置既能展现出学校的风貌，又能看到学校后坡上的积雪，关键是吉嘎老师身后的围墙，是他自己用双手垒起的，有着特别的意义。吉嘎老师穿着自己最好的一件衣服，庄重地站在国旗下。我把相机位放得较低，鲜艳的五星红旗就高高地印在蓝天中，我按下快门，留住了吉嘎老师在国旗下的第一张照片。这张照片不仅让人感受到了吉嘎老师的伟大，也感受到了他的坚守,同时也让人有一丝心酸。原本我是打算让吉嘎老师和他的妻子一起合影的,因为这样的拍照机会十分难得,但是吉嘎的妻子生病了,而且是肝病,半年的时间,他的妻子都没有出过门,再加上从家里到学校的路程虽然不远,但途中要过的一条小河上的木桥坏了,很不平稳而且有些地方已经损坏烂掉了,过桥时要格外注意,一不小心就会摔下河。所以最终的照片就只有吉嘎老师一个人。

放学后,我同吉嘎老师一起回到了他的家,看到了他卧病在床的妻子仁真拉姆。仁真拉姆只比吉嘎老师大一岁,但不知是多年来的劳累和病痛折磨,还是房间光线太灰暗的缘故,我感觉她比吉嘎老师要苍老许多。自从吉嘎老师当上了玉龙西村小的民办老师后,仁真拉姆就独自一人挑起了照顾孩子和操持家里大小事务的重担,经常起早摸黑地干活。她非常支持自己丈夫的工作,也为自己的丈夫是一名人民教师而骄傲。因此,当吉嘎老师没能按时领到工资时,她也毫无怨言。在玉龙西村当一名小学老师真是不容易,这里不像正常学校一个老师只负责教授一门学科,玉龙西村小的老师需要语文、数学、音乐、体育、美术、思想品德样样精通,课堂上甚至还要用藏、汉双语上课,每学期还要肩负起让失学的学生重回校园的责任。由于定居的牧民住地分散,徒步上学需要一到两个小时,再加上牛场季节性搬迁和当地重男轻女的影响,学校女童流失现象特别严重,一到周末或节假日,吉嘎老师就要到牧场去动员学生回学校上课。

有一次他在家访回来的途中，因为天黑看不清路，突然滑落到十米多深的峡谷里，他的儿子发现他很晚没到家，和当地的老乡一起沿路寻找，终于在峡谷里找到了吉嘎老师。当大家找到吉嘎老师的时候，他满脸都是干掉的血迹，腰、腿、头都受了伤，大家一起把吉嘎老师背回了家。回家后，他的妻子没有一点责备。两年后，吉嘎老师的妻子仁真拉姆因为肝癌去世了，我一直非常遗憾，没能为仁真拉姆留下一张属于她和吉嘎老师的照片。

2015 年，我在玉龙西村举办了一场摄影展，摄影展中的照片反映了玉龙西村二十多年的变化。展览是在玉龙西村的一个牧场上举行的，我把一张张放大的照片贴在牧场的栅栏上，全村老小都跑过来看照片。看展览的村民中有一位当年村小的女学生，看见吉嘎老师在国旗下的照片，一时间控制不住自己的感情，将自己的脸紧贴着那张照片。她的举动引起了我的注意，原来这位学生家里很贫穷，父亲在她幼年时就去世了，家中的四个孩子都靠母亲一人养活，很多时候她回到家都没有晚饭吃，吉嘎老师知道这个情况后，每天放学后都会把这个学生留下来，把自己的晚饭分一些给这个学生。有一次下暴雨河里涨水，吉嘎老师把这个女学生和另外两位同学背过河，再送他们回家。那位女学生回忆说："他背我过河时先用绳子把我捆在背上，并且让我用双手紧紧地抱住他的肩背，然后吉嘎老师一只手拄着木棍，用木棍在河水里寻路，另一只手抓住我的腿，不让我摔下去，到了水流湍急的危险区，他还让我闭上眼睛不要害怕。那些场景虽然已经过去了十几年，却一直留在了我的心里。吉嘎老师不仅让我学到了知识，而且教会了我用文化的眼光来注视着自己生长的这片土地。"

2006 年 9 月

国旗下的吉嘎老师

海螺沟

在建军六十周年之际,我来到历史名城泸定县。五十二年前,红军在这里进行了震惊中外的飞夺泸定桥战役,为中国历史上写下了光辉灿烂的一页。

我们出县城西行七十公里,来到了海螺沟口磨西乡。这是红军经过的地方。当年中国工农红军为了彻底粉碎国民党的反革命围剿,在这里进行了著名的大渡河战役,在安顺场战斗后,红军主力北上,经过海螺沟口到达当年的磨西镇。毛主席、周恩来等中央领导同志曾在磨西的天主教堂住宿。

我走进了这座百年教堂,双眼不停地巡视着堂内每个角落,好似在寻找当年红军留下的痕迹,但里面空空的,什么也没有。只有梁壁上那些精刻细琢的塑像还在,但随着时间的流逝,已变成了灰黑色。做礼拜时用的银铜钟还挂在木梁上方,正壁上还可以看见十字架印迹。我在里面静静沉思着,也不知在里面站了多久,直到有人催促时,我才回过神来。

离开天主教堂,我们向海螺沟冰川前进。从海螺沟口走到冰川地,要穿过二十余公里的原始森林,森林面积达七十平方公里。沟内"一山四时景,十里不同天",山顶银峰刺天,山腰草长莺飞,谷内奇花异果、草木萋萋、云蒸霞蔚。它可以与西双版纳的原始森林媲美。我没有想到，走进海螺沟就如进了天然动植物大观园。森林中有属于国家保护珍稀动物牛羚、野驴，以及小熊猫、岩羊、猕猴、猞猁、麝鹿等飞禽走兽一百多种。在这里，你可以看到横冲直撞的野猪，结队漫游的牛羚，吊挂树上的猴子，横行霸道的老熊，羞于见人的林麝……

据专家考察，沟内有野生植物五千余种，其中珍稀品种达五十余种，你可以看到高五六十米、七八人合围的麦吊杉王和全国最大的水青王直冲云间；还可以见到稀有的香木、杜仲和名贵的西康木兰；漫山遍野山核桃、野板栗、刺梨果此起彼伏，如同一座大果园。在云雾缭绕的峭壁上，还长有虫草、贝丹、三七、大黄等名贵药用植物。在这含氧充足的森林中，我一次又一次地深呼吸，想把如此清新的空气吸个够。突然有人发现一棵高二十余米的大杜鹃，正是花开争艳时刻，如同一把巨大的红伞撑在山间，我却睁大了眼，想数一数到底有多少花朵，"少不了八千"，一个青年小伙子估计着。"我看足有一万"，陈老师凭多年山区考察的经验补充道。我也情不自禁冒了一句："真是五月人间芳菲尽。"沟外春花凋谢，沟内却春意盎然，山花烂

1986年的海螺沟温泉

漫，数百种山花、十几种花色，你谢我开。

下午四点半，我们到达了宿营地"热水沟"。我不敢相信在我面前是高十米、宽六米的温泉瀑布，我顾不得脱去内衣，急急冲入瀑泉中，在这银山金谷、花香浓郁的天地中，戏水濯身，劳倦顿消、百烦尽解。中国科学院成都地理所的陈老师一边同我们沐浴着瀑泉，一边向我们介绍："海螺沟共有三处温泉，上游热水沟、中游窖坪温泉、下游沙树坪温泉，温度在五十至八十摄氏度，日流量上万吨。低温泉可为人洗凝脂，给人带来爽适之感，高温泉则可煮蛋、沏茶，一会儿你们就可以吃到温泉煮的鸡蛋。"

吃过晚饭，天黑还早，有的人在摄影，想留下终生纪念，有的在写旅游笔记，我却想去寻热泉的出口处，我沿着热泉下流的方向而上，在离瀑布不远的山腰上，约有一个十五平方米的天然池，热泉就从池中的几处洞中冒涌出来。泉水散发出大量热气、笼罩着整个池面，使景物也模糊了，我们现在见到的热泉是淡蓝色，夏天将变成棕红色，一经风吹，时隐时现，好似进了天宫仙池。

穿过原始森林，世界最低海拔的现代冰川像一条巨龙一样展现在我们眼前。它卧睡在两千八百五十米的高原上，长一万两千七百米、宽一千三百米，它那千姿百态的冰造型，像是一座艺术宫殿。我走进冰川，就感到目不暇接，到处都是奇景，冰洞、冰湖、冰门、冰梯、冰蘑菇、冰人、冰兽……令人眼花缭乱，目不暇接，惊叹不已。还是陈老师有经验，告诉我们要如观昆明石林一样，一个地方一个地方地看。

我们先曲身进了冰洞，我打开了早准备好的手电，我几乎叫了出来,"太美了",各种形态的冰凌如同钟乳石,凝挂在洞顶上,又与洞中各种冰石、冰下河形成一个完整的冰溶洞。我见了许多仙影溶洞,但从没想过能有冰溶洞。

冰溶洞出来后,我们来到冰面湖,大家给湖取名为"冰蛋湖",因为冰湖长二十五米、最宽的地方二十米左右;湖面如同一个椭圆形大鸡蛋。湖中积水清澈透明,能看见冰山与倒影相辉映。类似这样的冰湖,冰川上有好几处。

如你愿参观,冰窟窿、冰裂缝、冰刻糟,那更是神秘莫测,当地彝民点燃草烟,抛石入窟,顷刻响起美妙的叮咚声;烟尽,方能听到落石声。

一声巨响在天宇之间震动,如雷鸣电闪,那是贡嘎山冰瀑布冰崩,冰瀑布紧紧与冰川前端相连,这样自然形成一幅壮观国画。我见过我国最大的黄果树瀑布,它的高不过六十八米、宽八十余米;而海螺沟瀑布,高一千多米、宽一千多米,它如银屏凌空飞挂,白光刺眼,晶莹璀璨,恰是李白诗句"银河倒挂三石梁""白波九道流雪山"之写照。我站在冰川石上用望远镜时刻注意着即将爆发的冰崩,冰崩像有一定规律一样,约半小时一次,冰崩有大有小,大冰崩一次塌垮数百万立方米,大大小小冰块如飞珠溅玉,从上千米高处倾泻而下,冰雪飞舞、响声隆隆,声震几公里外,气势之磅礴,蔚为壮观。陈老师说:"在国际上,爬冰川、去冰川旅行之风盛行不衰,不少国家都开辟有专门游览区,加拿大有谢米里克国家公园,美国有冰川湾国家公园等,每天都有大量的游客不惜长途跋涉到高山区欣赏大自然的奇观,根据中国科学院

行走记忆　131

五个学部委员公认,海螺沟不仅具有世界最低海拔的冰川,而且还有自然的奇、壮、野、特、绝景观为世界罕见。

几天时间过得真快,但使我难忘,我走出海螺沟时,情不自禁回头远眺,心里暗示自己,海螺沟,我们一定要再见。

1987年5月发表于《西南军事文学》

注:这是公开发表介绍海螺沟的第一篇散文

1987年拍摄的冰川上的巨石

河坡藏刀

1988年，第一次去西藏时，在拉萨的八角街下决心花二十元买了一把六十厘米长的藏刀，后来，这把藏刀在许多地方发挥了它的威力，朋友都说是一把好刀。二十年过去，刀已饱经风霜，但只要刀拔出刀鞘的那一刻，仍然是寒光闪闪，钢火足以和我从不离身的瑞士军刀媲美。

这把刀产地是四川白玉县河坡乡，自从有了这把刀，我就一直向往着去一次河坡乡，去看看制作这把刀的作坊。二十年后的2007年10月，我终于来到河坡乡。

从白玉县城出发，向北沿金沙江行二十里，然后东拐，沿曲河逆流而上。虽然乡间公路坑坑洼洼很颠簸，但两边田园诗画般的美景，却让人忘记了舟车劳顿的烦恼，这真是一个好地方。曾经金戈铁马转战草原和峡谷的霍尔部落的后人，如今在如画的山乡传承祖辈们的绝技，用他们精益的手艺，在手工作坊敲打制作藏刀及其他手工艺品。

河坡的传统手工艺历史久远，相传从唐朝松赞干布时期起，藏王屯兵康区，不断向东南扩张，这里就开始铸造兵器。到了格萨尔王兴起时，河坡便成了"格萨尔王的兵器库"，为格萨尔王东征西讨提供了武器。如今，在靠近河坡乡的热加阿仁沟一带，还能见到古代炼铁遗迹。到了清朝时期，河坡乡已经从单一的兵器制造基地，逐渐演变成了以刀具、佛教用具、藏族手工艺品为主的生产基地，闻名整个藏区，产品在不丹、锡金、尼泊尔等地也享有盛誉，其中以藏刀最为闻名。

2007年，河坡乡五百二十四户中，就有三百二十四户从事手工艺生产，从业人员达四百零八人，其手工艺年产值约为三百五十万元，占当地农民总收入的28%以上。据不完全统计，目前在设计、制作、雕刻、绘画等技艺上有较高造诣的民间工匠二百多人，从业人员达千人以上。2007年河坡乡人均收入一千六百四十二元，手工艺总产值五百六十四万元。

我刚进河坡乡的时候，几乎看不见热火朝天的大场景，暖日下，河坡乡显得非常安静，只有走近藏房前，才能听到狗叫声和房主人的声音，根本感觉不到这里就是手工艺生产基地。听当地人介绍，河坡的手工艺生产至今仍沿袭传统习俗，保留着原始简单的家庭作坊生产方式。

我在乡里作坊寻找制作这把刀的主人，我知道，每一把好刀的诞生都是刀师的智慧、体力与心血的结晶，有一句"百炼成钢"的老话，讲的就是让铁变成钢的过程。刀师先要用带风箱的焦炭炉把铁条烧出白中泛蓝的青色，就是成语中说的"炉火纯青"的境界。这时候，铁会变得软绵绵的，然后拖出来打成薄薄的铁片，对折再烧，反复再打，如此像和面一样往复几十次。在高温和重击的过程中，铁中的杂质不断被去除，又在每一次锤打中加上刀师才晓得的秘方，折叠锻打十分讲究手艺，火候全凭经验。到关键时刻，刀师嘴里还诵念藏经，最后终于把那条铁变成为既韧且硬的合金钢。最后一道工序就是磨刀，磨一把好刀，一般不借助任何电动工具，都是师傅自己磨，工序也很复杂。

我终于找到了那把刀的主人。当我把二十年前在拉萨八角街买的那把刀拿出来时，主人立刻就认出这是他师傅打的，不幸的是师傅六年前去世了。他说，如果师傅看见这把刀保存得如此好，一定会很高兴的。我请他为我磨一下这把刀，他说，要磨成二十年前的模样，需要花整整一天的时间，还要专门选几块好的磨石，一共有五道工序才能磨好。他让我从嘎托寺回来再来取，我请他磨完刀后在刀颈上留下师父和他的名字的缩写，以示纪念。

两天后，我拿到刀时，虽然刀没有磨成雪亮，也没有戏台上那种劣质刀具一样亮闪闪的效果，但只要一眼见到这把刀，你就会喜欢上它爱上它。刀被一条黄色的绸丝布包着，磨刀的师傅不让一丝一毫的指纹和汗渍留在上面，也不轻易展示给外人，一直要等到刀的主人到来，才让刀亮相，我知道，磨刀师傅是对这把刀的珍惜和尊重。我接过刀时，向他叩头致谢，这把藏刀我会好好收藏。

我在河坡乡待了几天，了解了许多刀具工艺传承的民间故事，也走访了好些老艺人，他们告诉我，河坡乡的手工艺人正在减少。随着当地生活水平的提高，现代化的家居生活用品慢慢取代了传统工具，某些传统的、不常用的器具被丢弃，因为打造一个器具的时间和成本都相当高。比如，马鞍要花四个月，一把好刀也得半个月。所以很多手工艺人便愿意到都市打工。河坡乡的手艺人都是以家庭为单位制作自己的手工艺品，每家的制作特点也不一样，手艺传男不传女，传内不传外，再加上手工艺品一直被动地接受私人的订单和商店的订购，导致了订货人可以控制价格的情况。

面对手工艺人减少的问题，政府建立了手工艺协会，对申请国家级非物质文化遗产保护项目的艺人进行了扶持和保护。我相信河坡乡的民族民间手艺会一直传承下去，我们的子孙后代会看到各种藏式手工艺品和精美的藏刀。

2007年11月于康定

河坡藏刀

回龙坝上一卫士

1981年7月14日深夜,风在怒吼,雨在狂泻。山岩下,石缝里,到处喷出一股股巨流。巨大的山洪暴发了,波涛像千万头脱缰的野马,滚滚地涌入资中县回龙水库。

所有的泄洪洞口都已经打开,但水位仍在急剧上涨。猖狂的洪水,不时将浪花喷到堤上,好像要吞噬那道庞大的拦水坝。

"情况危急!"管理水库的干部、工人都警惕起来。

复员战士、民兵李志康这时披着一件灰色的雨衣,站在大坝高台上。密麻麻的雨点在他头上敲打着、蹦跳着,他头上冒出一股热雾,两只利剑般的大眼不停地凝视着那翻滚的浊水。他去年从部队退伍返乡,最近刚度完蜜月,今天是他到坝担任执勤警卫任务的第九天。

强烈的探照灯光刺破夜幕、雨帘,射向水库的各个角落。

突然,李志康发现离大坝三百米远的水浪中,有一个大旋涡卷着一棵连根带枝的大桉树,翻滚着跳腾着向着大坝飞速靠近。李志康不禁吃了一惊,暗自想道:如果这大树被卷进泄洪洞,情况就更糟了。四个泄洪洞同时泄洪,水位还不断上涨,若被堵住一个,岂不更加危险!万一洪水漫出大坝,下游双河村、大井坝、盐厂等万千人民的生命财产都将泡进洪汤,造成不可想象的损失。李志康额上也淌下一股水流,分不清是汗水还是雨水,心里也似有浊水在翻腾着。

李志康转身向工人王小宜急喊:"老王,你快去给船队打电话,让他们把大树拉走!"

不一会儿,王小宜和水库管理局支书江永怀等气喘吁吁地跑过来了说:"船队都派去救灾抢险去了,不能来!"

这时,那棵大树随着奔腾的洪流,已向泄洪洞靠近。若是按这样的速度,最多只要十分钟,大树就会急转直下卷入泄洪洞,后面的乱柴杂草就会立即拥塞进去,把泄洪洞堵住。

坝上的人一个个心似油煎,他们知道泄洪洞口洪水流速大,人稍一挨近,就会被强大的水流吸进去,后果不堪设想。李志康想,自己身为共产党员,守坝民兵,能在这千钧一发之际掉头不顾吗?不能!他毅然对支书说:"我下去拴绳,拉住大树……"

老书记江永怀久久望着面前的年青战士,显然只有这一个办法了,但他也深知危险太大,一时难于决断。

"这是我应尽的责任!如我不能上岸,请书记把这块手表交给双河村的郭永庆,作为我还他的借款六十元钱。"他又从怀里掏出一把钥匙,低声说道,"打开我床旁的小木箱子,在退伍证里夹着三十元钱和一张布票,托你给我年迈的妈妈做一件毛裤。她老有严重的风湿性关节炎。要素群好好照顾妈,再……要她们坚强些。"这时在场的人都低下头,江书记鼻子发酸,侧转身去,埋下头悄悄揉了揉眼睛……他紧握着手表和钥匙叮嘱道:"虽然我不会水,但我知道这下坝拴绳,拉大树不是那么容易,不行就赶快上岸。千万小心!注意安全!"

"请放心!"李志康响亮地回答,扑通一声,跳进激流。

岸上的人借着探照灯的光亮,把目光一齐投向水面,全神贯注地凝视着时而被浪涛吞没,时而被浊浪托起的李志康。大家的心随着汹涌的洪水翻滚着。只见李志康游近大树,猛一跃身,爬了过去。人们禁不住长舒一口气,紧绷的心弦才一下子放松了!

一个人扔给他一根粗绳。李志康骑在树身上,张开粗长的双臂一搂,因树太粗,搂不住,绳子绕不过去。他怔了一下,打起主意来:打树底钻过去!刚钻到树底下,不料一股巨浪袭来,把树打了一个翻滚,李志康觉得头上好像挨了一锤,脑袋嗡嗡直响。

"绝不能沉下去!"李志康忍着剧痛,奋力脚蹬手划,钻出了水面,却见大树已被激流冲离自己数尺之外,靠近泄洪洞更近了。岸上一位老年工人大声喊道:"志康,危险呀!不要再往前去了!"李志康想,豁出性命也要闯过去。他奋力向前游去,突然,一个浪头又把他打了下去;刚露出头,又一个浪头劈头盖脸而来,这回他变机灵了,往水里一钻,躲过了浪峰。

李志康的游泳技术并不怎样好,还是当兵后在部队学会的。现在,他连续遭到浪头袭击,已经筋疲力尽了。他觉得身子越

1981年7月资中县城洪水场景

来越沉重，尽管拼命挣扎，还是不由自主地往下沉，几乎连头也抬不起来了。但是当他一想到那棵大树正冲向泄洪洞时，全身便增添了无穷的力量。

他拼命挥动着疲劳的双臂，划呀，划呀，终于抓住了树枝，接着，他吸足了气，往下一沉，飞快地系好结，抬头一看，身旁出现了一个黑洞洞的旋涡——大树已挨近了泄洪洞口。"危险！"他暗中叫了一声，赶紧将绳子猛地一甩。幸亏人们接住了绳索，用力拉住，套到一根牢实的桩上。

大树像一条被擒的恶龙，虽然还在狂跳不已，但是，它再也不能前进一步了。岸上的人们高兴地跳起来。

李志康躲过旋涡爬到了岸上，嘴里直喘着粗气，一句话也说不上来。江永怀书记从人群中抢上前去，一下把他搂在怀里，用手抚摸着他那发烫的前额，一串热热的泪珠顺着他布满皱纹的脸，扑簌簌地掉在李志康的手上。他激动地说"好样儿的！好样儿的！"

人们围着他，投来崇敬的目光，争先把雨衣披在他身上，和他握手……

又一阵暴雨夹着狂风袭来，李志康不禁打了个寒战，虽然冻得发抖，却感觉到一股热流涌上心头。他凝望着吐着大量洪水的泄洪洞，一个水库卫士完成任务的幸福感溢满胸怀，他不禁笑了。

　　　　　1982年5月发表于"战旗"丛书之《红海壮歌》

她是第一个走出麻风村的姑娘

她今年二十一岁,过去名叫日烈么牛,现在取了一个汉名叫王友芳,麻风村里的人们没有想到,千里之外的青年能接纳他们的女儿,这是建设学校时他们创造的姻缘。

2005年初,为了在麻风村修建一所学校,我向布拖县政府汇报乌依乡麻风村的情况,很快得到了县政府和教育局的支持,县政府从其他项目中挤出二十万元专款,我也为建学校筹款十万元。经费落实了,工程承包修建公司杨洪经理带上土建工人赖福和木工陈武林来到了麻风村。2005年5月3日,学校正式开工,为了早日使这所学校建好,全村有劳力的村民,不论男女,不论大小都投入修建劳动。

在三个多月的修建中,负责土建工程的赖福与王友芳已成为好朋友,赖福给王友芳讲述了许多外面的事情,也鼓励她走出大山,去了解她不熟悉的世界。要想在外面生根,必须在外面有社会关系。赖福看出了王友芳的心思,大胆向王友芳要照片,决定在家乡四川安岳县为她找对象。王友芳把我第一次进村时,给她们全家照的合影交给赖福,这张照片是她们全家有生以来的第一张照片。面对外面的世界,王友芳既向往,又害怕。数月后的一天,赖福

王友芳与她丈夫、儿子的合照

带着她的老乡田彪父子来到布拖县。按约定日子，田彪父子和王友芳母女在乌依乡的山上见了面，他们相互满意，又当场取得了双方父母的同意。这时田彪的父亲把多年存下的一万元钱作为娶儿媳的彩礼交给王友芳的母亲，约定五天后仍在这里接王友芳回安岳县。

这桩喜事很快传到了村里，村主任为送王友芳出嫁买酒和杀羊，全村村民筹钱买了水果、糖和香烟，热闹得像过年一样。王友芳走的前一天到全村每家每户去告别，虽然麻风村生活很贫穷，但真的要离开，又十分不舍。面对新的生活，更多的是未知的害怕。

2006年5月，田彪在四川安岳县正式与王友芳结婚，从此王友芳就同普通农民一样过着一种平凡的生活。

王友芳嫁到安岳的消息，我是在第四次去麻风村时知道的，王友芳父母都是麻风病人，父亲1997年因病死在村里，家里还有哥哥和弟弟，那次王友芳的母亲见到我时，急忙翻出小本子，上面有田彪留给她的联系电话和通信地址，还有一张用圆珠笔画的路线图。我马上明白了她的意思，我把电话、地址都记在我笔记本上，向王友芳的母亲表示，回成都后一定抽时间去看她的女儿，下次见面时一定告诉她王友芳在外面的情况。

一个月后我与田彪父亲通了电话，告知准备登门拜访的打算。他告诉了我汽车到达的地点和步行的路线。听说我要去她的家，王友芳怕我找不到路，一大早就在村口迎接我。上午十一点钟我提着送他们的一套床上用品来到村口，向老乡打听联乡村四组怎样走，老乡热情地给我指了方向，我急匆匆走向那条小路，一路上我总觉得好像有人跟在我后面，当我回头时，王友芳就站在我的面前。半年不见，她的皮肤白多了，穿了件白底红条的衣服，和当地姑娘没有什么区别，突然见到我，她还有一点不好意思。她叫我林校长，告诉我过了桥，再翻前面的山坡，就到家了。

路上我多次问王友芳出来后的情况，她说，开始一个多月不习惯，当时什么都不懂，什么也不会做，一个人待在家里也不敢出去，晚上睡觉醒来时，还以为是在乌依乡的家里。田彪一家对她很好，基本上不让她干体力活，她的婆婆还给做好吃的。时间长了，她和周围的村民熟悉了，她们都很关心王友芳，渐渐地，王友芳与她们成了朋友，还常去朋友家玩。在交谈中，我发现她的汉语水平有了很大的提高，基本上能同我正常沟通。这才半年时间她竟有这样大的变化，我真替她感到高兴。

很快到了田彪家，田彪的父母热情接待了我，田彪的父亲一边捉鸡，一边反复说："感谢林同志的关心。"我看出他们要杀鸡招待我，忙说："我还有事，下次来一定吃饭。"这时田彪喘着粗气从田地里跑了回来，脸上布满了汗，看得出来他是一个勤劳实在的人，他对我说："昨天听说你要来看我们，我同王友芳兴奋了一夜，一早王友芳就到村口去接你了。"全家都到齐了。我在新盖的新房前为田彪全家拍了照，去参观了田彪和王友芳的新房。王友芳悄悄对我说，她已经有喜了。我问什么时间分娩，我一定来拍照、录像，然后会把照片和她在这里的情况用图像方式传递给她的母亲和全村乡亲们。

一年后，我把王友芳孩子出生的照片带到了村里，王友芳的母亲看到照片脸上笑开了花，全村的人都替她感到高兴。村主任说王友芳是第一个走出村的姑娘。

2007 年 11 月

舅舅来了

舅舅来了,又走了。舅舅是从美国洛杉矶来的,九十岁的舅舅在成都与九十三岁的母亲见了面,他们相互回忆着儿时的往事,同时诉说着几十年各自的风雨经历,时而激动流泪,时而露出灿烂的笑脸,直到告别前,还有许多话没有讲完。

舅舅和母亲从小生活在苏州,他们一起上学,一起玩耍,一起长大,度过了快乐的十年。很快日本占领了上海,南京沦陷,大学都迁至了四川和云南。舅舅在四川宜宾李庄同济大学度过了四年,母亲刚上东吴大学就被迫转学到成都的华大就读,他们同在四川,但从未见面。舅舅毕业后去了台湾工作,退休后移民美国。母亲没有随外祖父陆福廷去台湾,从此就留在了四川,在一个小县城教书数十年。1957年,我的父亲去世,三十八岁的母亲从此挑起了抚育四个儿女的重担。如今她的儿女们已有了孩子,她在儿子那里住几月,又去女儿那里住半年,在幸福快乐中安度晚年。

舅舅向我提出要去母亲生活六十年的县城,去看她住过的地方和那所她曾教书十几年的乡级初中。

从小县城返回成都的车程要两小时,上车后舅舅给我讲了一个他小时候记忆中的故事。那是在北伐胜利的不久,有一天,

行走记忆　145

舅舅转送蒋中正题字条幅

张治中将军路过苏州来家看他的挚友陆福廷，他与陆福廷都是清末时期的军人，同是保定军校三期的学员，时任团长的陆福廷在1916年投奔孙中山先生，是中山先生的爱将，后来在黄埔军校筹建时，时任黄埔军校筹委会委员的陆福廷向蒋介石推荐了张治中先生，开学典礼后陆福廷和张治中都担任了黄埔军校第一期的教官。舅舅说张治中来的那天，陆福廷不在家，他见到身着军装的张治中将军正站在房门前，面向围墙远方敬礼，当时院子里没有任何人，只有家附近的部队正在举行升旗仪式。

舅舅走前把他那珍藏了五十多年的东西传给了我，那是两本曾外祖父陆荫培的手稿《可自吟轩古今体诗草集》，这诗稿已有上百年历史了；另一件是外祖父陆福廷在台湾去世后，蒋介石亲笔手书题赠的"心亘同志千古，谠论流徽"的条幅原件。

2014 年 4 月

军博收藏记事

2019年《中华英才》第13期在"寻找最美退伍军人"的专栏中刊发了"林强有关实物和摄影作品被中国人民革命军事博物馆收藏"的消息后，有不少朋友、战友、同学向我表示祝贺，同时也向我讨要收藏的作品。他们有的说一直都很喜欢我的摄影作品，这次被军事博物馆收藏，想留作纪念；有的说刚搬了新家，想要幅我的作品挂在墙上。有位同学的儿子结婚，也想用我的作品给新房添彩。这些诉求我不能拒绝，那段时间为制作这些图片真是忙得不可开交。

2007年，我与中国人民革命军事博物馆的首次接触，是他们收藏了我的一幅作品——《贡嘎群峰》，当时《解放军报》和《四川日报》都刊发了消息，作品也多次在军事博物馆展出。十一年后，我突然又接到军事博物馆牛进主任的电话，说近日要专程来成都，希望我再次提供一些过去在部队及地方被授予的荣誉称号的文件、奖章、证书，同时也希望我提供一些摄影作品。

接到通知后，我清理证书和摄影作品。半月后，牛进主任和文干事身着军装，提着军事博物馆专门的收藏箱来到我家。他们戴上专用手套，对我提供的物件和摄影作品，一件一件地仔细审

军事博物馆馆长为我颁发收藏证书

查，最后选定了2007年中组部、中宣部、人事部、总政治部、国务院军转办五部门联合授予我的"全国模范军队转业干部"荣誉称号的文件、奖章；我出席全军英模大会代表证；教育部授予我"全国优秀教育工作者"荣誉证书；中宣部、中组部、全国文联授予我"全国中青年德艺双馨文艺工作者"证书、奖章；第四届全军运动会上我打破全军田径十项全能纪录的奖牌、喜报和立功证书；荣获中国摄影界"金像奖"证书；我编剧并制作的电影《贡嘎日噢》荣获2016年美国第十三届世界民族电影节"优秀故事片"证书；以及我的国家级裁判员、全国优秀裁判证书，军队二等功、三等功奖章等共二十六件，还有我几十年来在国内外获奖的摄影作品四十七幅。

两位工作人员在我家整整工作了一天，我要请他们吃饭，他们婉言谢绝了，说有规定，不能吃被征集者的饭。他们的工作非常严谨和仔细，对征集的每一件物品都开出了军事博物馆的三联收据，收据上还注明了名称、年代及对物件的说明。当他们把物品一件件装入军事博物馆征集专用箱后，在上锁之前，非常庄严地向我行军礼，并郑重地向我宣布："你现在还可以收回你的物件，但是如果我们关上箱盖，那么从这一刻起，这二十六件物品已属于国家，由中国人民革命军事博物馆保存。以后如果你要看这些物品，需向我馆提出申请，我馆会及时为你提供方便。"最后他们俩再次向我敬军礼致谢。

　　告别前，主任叮嘱：选定的四十幅摄影作品，要按照二十四英寸的收藏标准制作。照片背面作者签名，注明名称、日期和编号，每幅作品和它的说明都要有图片扫描的电子文档，制作完成后，请尽快送到北京，军事博物馆将在北京给我颁发实物和摄影作品证书。

　　为了确保制作收藏作品的质量，我找到了摄影好友金平，他有专门制作收藏级照片的工作室。他对这批照片的制作很上心，专门在国外订购了最好的照片纸和洗印照片的各种颜色墨水。在制作每张图片前都打印小样，直到把图片调到最佳效果才正式制作。金平的慷慨相助让我感动。他说，摄影人的成功，是把自己的作品送进博物馆。这不仅是对我的赞许，更多的是鼓励。

　　2019年6月3日，我把这批作品送到北京。当天下午，在中国人民革命军事博物馆的会议室举行了"林强的实物和作品捐赠仪式",馆长李红军、政委刘锐向我颁发了"实物和作品收藏证书"。政委在捐赠仪式上说:"最近一段时间,老革命张富清隐功埋名的事迹感动了许多人,今天林强捐出的和平年代的奖章同样熠熠生辉。这是一种传承,也是一种昭示。今天的我们要像他们一样,经常看看自己的帽徽和领章,看看这些用宝贵青春换来的物品和作品,提醒自己人生价值就在于青春无悔,不忘初心。"随后他们又陪同我参观了军事博物馆。

2019 年 7 月

葵花盛开的地方

　　冯万才和杨文英于1959年来到银板山，当时那里已经集中了一百多名麻风病人，他们都是甘洛县各乡村近年普查发现的各类麻风病患者，年龄最大的有六十三岁，最小的只有十一岁。政府把他们集中在这片无人居住的地方，一是为了给他们集中治疗，二是防止病菌传染给其他人。冯万才是这群人中唯一没有患病的人，他看见这里不少病人病情都十分严重，有的人根本无法站立，只能在地上爬着前进；有的人脸部肿烂变形，比电影里的魔鬼还可怕。庆幸的是，他的妻子是这群病人中病情最轻的，除脚部因麻风病溃疡造成的行走不便外，几乎和正常人一样。但冯万才想到以后自己和年轻的妻子要与这群麻风病人长期生活在一起，他不禁浑身冒汗、心里发凉，但也毫无办法。他知道自己已经回不去了，这里以后就是他们唯一的家。

　　负责管理这批麻风病人的干部是周医生。周医生以前是一位军医，这次把他派到这里来管理治疗麻风病人，是政府对他的重用和考验。周医生读过大学，有文化，对人很好，他看见冯万才带着一岁的儿子跟随着妻子杨文英来到银板山一起生活，对这位曾经有过当兵经历的年轻人十分亲切，深入了解后得知冯万才是

葵花村的葵花

为了夫妻不分离，专门辞去了令人羡慕的公安工作来到银板山，这让周医生更加敬佩他了。周医生劝说冯万才不要待在银板山，这里全是麻风病人，被感染的风险非常大。他让冯万才放心，自己一定会精心治疗和照顾杨文英，等过几年杨文英治愈后再来接她回家。但冯万才却说："我们死也要死在一起！另外，这里只有你一位医生，你年龄大，也需要帮手，我留下来帮你。"周医生见冯万才坚持一家人不分开，也只好留下了他们。

周医生给冯万才选了一处朝阳又临水的位置，并告诉他："你不是麻风病人，可以单独在这里搭建房屋。但建房屋全靠自己，这里也没有人帮得上忙，这是我唯一能给你的照顾。"冯万才得到周医生的同意后，第二天就上山伐木。那个年代，银板山的四面都是森林，伐木建房也不需要层层审批和若干手续，冯万才在森林里砍伐了一些自己能扛得动的树木，把树枝去除掉，把树干一根根扛回了住地。又花了五天时间，在旷野间寻找各类石头。冯万才有在太原修筑工事的经验，他用石头和泥土混合，砌成的墙虽然不够平整，但很坚固粗犷。他把大的原木料做成梁，小的木棍铺在屋顶，屋顶上再盖上野草，门窗都是用各种大小的原木做成的。这样的房屋虽然简陋，但是冬暖夏凉。

杨文英在冯万才精心的照顾和周医生的耐心治疗下，病情得到了很好的控制，基本没有造成多大的残疾，仅是左脚失去了几个脚趾，行走起来比常人慢一些。冯万才夫妻俩已经完全适应了这里的生活，当儿子三岁能漫山遍野跑的时候，杨文英又怀孕了。十个月后，冯万才又添了一位千金，女儿的降生让冯万才乐开了花。

银板山麻风聚集地，最多的时候集中了三百多名麻风病人，这些病人在荒野间开垦荒地，种植玉米。除此之外政府还会给一些油、盐等生活物资，但这些物资都需要去山下田坝镇领取。于是冯万才便担起了这项重任，他每个月都会下山一趟，下山需要花费三个小时，食物多就用马驮，少的话就自己用肩扛。有一次冯万才在上山途中遭遇雷雨，他为了保护好食物，只好躲在岩洞中，在洞中他目睹了闪电把不远处的一棵大树劈开，紧接着震耳欲聋的雷声伴随着火球在大树上燃烧着，冲天的火焰很快又被倾盆的大雨浇灭。这个场面就在眼前的旷野中发生。好在冯万才当过兵上过战场，见过密集的炮弹，看见这个场景还是很镇定，要是换了其他人，早就吓得不知所措。后来冯万才把食物安全地带了回去，但他并没和任何人提起他在途中的这个遭遇。

冯万才还告诉我一件神奇的事：当时村里养了五十多只猫，这些猫都是从县里买来的。在1962年的一天早晨，村里有四位麻风病人醒来时都发现自己的几只脚趾和手指不见了。大家都非常奇怪，脚趾和手指怎么会在病人睡觉的时候都不见了呢？有人说是遇见鬼了，有的人说是这几个人做了坏事，老天爷给的报应，一时间村里谣言四起，众说纷纭。后来周医生一个一个检查病人的伤口情况，最终得出一个结论：原来是老鼠在夜静时跑到集体住房里，咬那些失去末梢肢体感觉的病人的手指和脚趾，病人因为感觉不到疼痛，所以在夜里并未惊醒，而是继续睡觉，直到第二天早上醒来时才发现指甲盖没了。自此，麻风村开始大量饲养猫。当冯万才讲起这件离奇的事情时，我当时不太相信，以为是他夸大了事实，而且也有许多疑问，为什么麻风病人晚上睡觉时被老鼠咬了脚趾和手指会一点感觉都没有呢？于是带着这个疑问，我去查阅了很多关于麻风病的资料，也走访调研了部分麻风病人，了解到麻风病是由麻风杆菌引起的慢性接触性传染病，主要是侵犯人体的皮肤和神经，我也曾经看过许多麻风病人的伤口溃烂处，我关心他们的伤口痛不痛，这些麻风病人却告诉我他们不觉得很痛，几乎没感觉。有好几次我都看见麻风病人把手伸进七八十摄氏度的热水里面，却丝毫感觉不到烫手。我这才明白冯万才讲的故事并没有夸大事实，麻风病人肢体末端没有知觉，老鼠多的时候啃指甲不觉得痛，也是常有的事。

麻风村是1967年开始种植向日葵的，这个建议也是当时周医生提出来的。周医生说这里的海拔有两千三百多米，阳光充足，日照时间较长，适合种植向日葵，加上向日葵生长对土壤要求很低，易于成活。于是冯万才便下山买了几十斤向日葵的种子。4月开始播种，7月这里就成了一片花的海洋。开花的半个月时间里，是麻风病人笑容最多的一段时间，每天都有麻风病人拄着拐棍拖着残缺的身体来到向日葵花田前，他们一面晒着太阳，一面看着自己亲手种植的向日葵，心里感受到了一种从未有过的满足。

突然有一天，周医生被人带走了。从那以后，周医生就再也没回过麻风村，听说他几年后就去世了。

这件事让冯万才心里很难受，他会经常想起周医生，这位有文化，有医术，又能在这种艰苦环境下坚持十几年为麻风病人治病的医生。他经常一个人爬到银板山的顶峰，因为在那里可以遥望贡嘎雪峰，他一个人独自面对雪山，一坐就是好几个小时，把心里的思念与牵挂向这座四川最高的圣山倾诉。每次从山顶回来，他心里就会好受很多。麻风村的人们都很怀念周医生，为了纪念他，冯万才提议在清明节前播种向日葵时哼唱《四季歌》，因为这首歌是周医生教会他们的，他们一边播种向日葵，

牵　手

一边哼唱着"春季到来绿满窗",以此纪念他们的恩人周医生。

麻风村的向日葵一年比一年长得茂盛,往日的荒野如今已经变成了漫山的金黄;当初的无人区,现在已经和普通村落一样恢复了生机。2005年,政府正式把甘洛县麻风康复村更名为甘洛县胜利乡葵花村。

2015年,我再次来到葵花村,登上了银板山,看见了云雾缭绕的贡嘎雪峰,再一次感受到了雪山的辉煌和博大,也更加理解了冯万才四十多年前对雪山的倾诉。

2016年7月

琅勃拉邦的夏天

2005年5月,我受老挝旅游部长之邀进行了为期一周的摄影之旅,我们一行六人从西双版纳驱车出发,当日便到了边境小镇勐腊县,第二天一大早就赶往边境口岸磨憨,很快办完离境手续,顺利进入老挝。由于我们的任务是摄影,在老挝的入境口岸磨丁办完车辆入境手续就马上赶路,进入老挝一路颠簸,因为路窄加之又在修路,车行半夜才到达当日目的地——乌多姆赛省的首府芒赛。芒赛地处高原山区,干旱缺水,晚上十点宾馆便停水了,困倦中我们已顾不得洗澡倒床便睡。

第二天醒来才发现入住的宾馆原来很古老很西化,是殖民时期留下来的建筑,除了电还跟现代文明有联系外,所有的设施设备和家具用品几乎都像是20世纪30年代的模样,是拍怀旧电影的好地方。

从芒赛到琅勃拉邦,行程约两百公里。烈日当空,气候十分湿热,在原始丛林的蜿蜒山路中穿行,速度并不快,老挝境内的车不多,但路很窄,路况很好,公路的路基是当年法国殖民时期建成的,经历了二战,据说这条公路流传着许多故事,后又经中国、泰国、日本等多国援助维修和扩建,沿用至今。车在曲折的山路中行进着，公路两旁一排排简陋粗糙的山寨茅舍从车窗外掠过，皮肤黑黝黝、眼神明亮的孩子们好奇地在屋檐下张望，不时会见到一些少妇带着小孩在山泉边沐浴，笑迎过往人们，不惊不避，就像一幅幅世外桃源般的画面，这种简单贫瘠的生活，宁静又安详。

我们停车拍照，有一位卖田鼠的小女孩出现在我的镜头里，她睁着大大的眼睛，期盼着手中的一串串田鼠被卖掉。小女孩还不到五岁，穿着脏兮兮的旧衣服，估摸还没有到上学的年纪，据了解她已经在路边站了几个小时。我花钱买下这串田鼠希望她能早些回家，虽然语言不通，但她露出的笑脸让我感到一股清泉流过心田。

我们的车随小女孩的方向前进着，不远处有一个小山村，村里大约有二十户人家，黄昏时刻全村的人都集中在村口的空地，那里正在进行一场藤球比赛。藤球是用九至十一根细藤条编织成的黄色空心圆球。藤球是一项技巧性很高的运动，每位上场者都要用自己的脚腕和膝关节踢球，不让球落地，类似我国民间的踢花毽子，

卖田鼠的小女孩

用脚带手所以又叫"脚踢的排球"。这个体育竞技项目在老挝很普及，很像我国的乒乓球运动。我想如果该项目被列入奥运会项目，估计老挝人民也会体会到我国女排胜利的骄傲。

简陋的场地四周围满了村里的群众，年轻的小伙子赤着上身尽情地用双腿表现着球技，一阵阵喝彩声让这场普通民间的比赛显得紧张激烈，这就是他们生活中的一部分。

天黑前我们到达了琅勃拉邦市，琅勃拉邦地处老挝北部山区湄公河及其支流南康河交汇的盆地，曾是澜沧王国的古都，这里有古老的房屋、金色的寺庙和宁静的生活，繁华了两百多年后老挝的首都才迁到了今天的万象。城内的大皇宫、香桐寺等许多寺庙及不远处的普西山和大关西瀑布都是旅游和摄影爱好者的必去之地。

藤球比赛

琅勃拉邦的早晨

琅勃拉邦保留了大量独具老挝风情的建筑，同时也留下了许多殖民时期法国风格的建筑，现在的别墅与老挝传统的建筑及老挝的佛教文化融合在一起，再加上世界各地的人们在此聚集，东西文化在此交汇，这里的每一栋房子各具特色，十分别致，我们住的私人小客栈门前的院里和阳台都种满了鲜花，姹紫嫣红，恍惚中仿佛回到了中世纪的某个欧洲小镇。

老挝人很爱干净，客房打扫得非常整洁，连地板都用当地的一种青柠檬擦拭得十分明亮。

湄公河边牵满藤蔓的古树下，摆满了各种服饰、工艺品，冷饮店、小吃摊比比皆是，当地人和游客络绎不绝，有人购物，也有人休闲聊天。

琅勃拉邦市内仅有几条大马路，没有那么多商业化和现代化的高楼，当地人的主要交通工具为脚踏车和电单车，但这里集中了三十余座寺庙，真可谓一步一庙。这些景观不知不觉从眼前飘过，金碧辉煌的建筑会在阳光的照耀下显得更加雄伟，寺庙中有一群小鸟在树枝上欢快地歌唱跳跃，僧侣身披鲜艳的袈裟伴着钟声进出于庙堂之中。这里像 片世外的净土让人心生平静，那一刻，我仿佛明白了空灵的含义。

真是不虚此行。

2005 年 5 月写于琅勃拉邦

离天最近的村校

一周后就是六一儿童节了,去年这时我去贡嘎山玉龙西村校,与地处海拔近四千米的孩子们过了六一节,就在那一天,我第一次见到了在那里支教的杜爱虎老师。当时,我完全不知道他是清华大学电机系毕业的研究生,因为他没有介绍自己,就开始同我讲述在这里支教的体会,渐渐地,我发现他讲得那样具体,讲的是自己一堂又一堂课和一次又一次给学生烧饭的细节,以及与一位又一位学生家长沟通的过程,他的故事让我这个有三十多年藏区教育经历的人汗颜,我表示出对他的敬佩和感激。他却说,到这里支教是受了吉嘎老师和我的影响,是从网上看到了吉嘎老师和我的故事后做出的选择。

这位与我儿子同龄的青年放弃了国家电网这样优越的工作机遇,独自到了这样艰苦的地方支教,他的选择是那样简单,他讲述的语气是那样轻松,使我再一次感受到了贡嘎山的力量,从而丰富了我正在编写的《贡嘎日噢》剧本的内容。

吉嘎老师一个人在海拔近四千米的学校教书二十七年,是他的坚守让一批又一批牧场上的孩子变成了小学生,如今吉嘎老师

杜爱虎在海拔四千米的村校上课

已经退休，今天的杜爱虎接过吉嘎老师的教鞭，用自己学到的知识，让这里的学生得以用文化的眼光注视着自己的生活与土地，将他们的民族传统文化和现代文明一代一代地传承下去。

  那次见面，我感受很深，因为我深知那里冬天的寒冷，饮食条件的艰苦和长期的孤独。我回到成都后先在网上发表了《重回玉龙西》的文章，配上图片，讲了他的故事，希望有更多的青年像他一样，因为那里太缺老师了。不久，杜爱虎也在网上发出招聘志愿者的信息，有许多刚走出大学校门的青年，联系上了杜爱虎老师，通过网络沟通和寒假见面，有七位大学生与他达成了去贡嘎山乡支教的协议。七位大学生分别来自北京、重庆、江苏、吉林和贵州，可称得上是五湖四海。在我的帮助下，几位大学生在成都红光小学进行了短期培训后，就赴贡嘎山乡的学校支教。

两个多月过去了，我很想念他们，为了六一节去看这批老师和雪山上的孩子们，我准备了两个月。出发前，我给他们带去的学习用具和生活用品把越野车后备厢装得满满的，到康定的那天晚上，我找到了退休的吉嘎老师，希望他第二天与我同行，因为计划去贡嘎山乡几所学校，晚上只能住在玉龙西村吉嘎老师儿子家中，有吉嘎在，我心里踏实，他不仅是那片土地的活地图，而且那里的老人、青年和孩子们都非常尊重他、喜欢他，虽然他现在定居在康定，但这片土地上的人们始终忘不了他。

从康定出发的那天早上天气很好，清晨的阳光透过车窗洒在我的身上，感觉暖洋洋的，汽车一直在爬坡，车内音响里传出高亢悠扬的藏族歌曲，伴随着车外一幅又一幅美丽的画面，一步一步地向贡嘎山靠近。

突然接到杜爱虎打来的电话，问我们到什么地方了，问我心脏有没有问题，他担心我，是因为他去年寒假来成都时正巧我因心脏早搏在医院住院，这次他知道我要去海拔这样高的地方，几次打电话约我在海拔低点的康定见面，都被我婉言谢绝了。穿过甲根坝乡，翻过四千七百米的山脊，大雪山完全展现在我们眼前，最高的山峰就是贡嘎雪峰，它是藏区四大神山之一，我们每一个人都迫切地在它那圣洁的雪峰面前留了影，然后又匆忙地赶路。

这次我为杜爱虎带去了玉龙西村小要重建的好消息，快到玉龙西了，我从包里拿出了甘孜州财政局和教育局拨款五十万元重建玉龙西村校的批复，杜爱虎看见红头文件时，高兴地跳了起来，一个劲地说："太好了！太好了！"第二天我发现他的眼睛很红，他说是我带来的好消息让他兴奋了一夜。

事情的缘由是杜爱虎4月底给我的电话，说在4月20日芦山地震后教室出现几处裂缝，为了学生的安全，经过跟乡政府协商，现已搬到村文化活动中心上课。得知这个消息后，我马上跟甘孜州教育局的领导通了话，希望他们尽力地关心玉龙西村校并告诉他们：有一位清华大学的研究生在离天最近的村校支教近两年。没想到一个月后，重建学校的经费就得到了落实。

我们到村活动中心的时间正好是中午，学生们正准备吃午餐，这时我突然发现村校又增加了一位年轻的女老师，她身材修长，戴了一副眼镜，文静的脸上透出高原的色彩，显得更加健康，她的名字叫白璐，是郑州大学新闻系的毕业生。杜爱虎告诉我，白璐来这里已经有两个多月了，她的到来使学前班的十五个学生有了新的老师。后来杜爱虎告诉我，白璐老师是独自从北京坐车到成都，然后转车到康定，再坐公共汽车到99公里处（九龙去新都桥的99公里处），又坐摩托车到玉龙西村校报到的。

中午，我们和三十四位学生共进了简单的午餐，午饭后我把带来的东西分发给了孩子们和老师们，并了解了杜爱虎和白璐的生活和教学情况。晚上我们在吉嘎老师儿子家里谈得很多，既有学校的发展，又有贡嘎山的远景设想。

第二天一早，我和杜爱虎就出发去看望我挂念的那几所学校，见到了在那里支教的老师们，他们的名字分别是：

白　璐：女，郑州大学新闻系毕业
张萧杨：女，北京师范大学毕业
黄　艺：男，西南大学社会工作系毕业
金　英：女，山东农业大学行政管理系毕业
曾　萍：女，重庆师范大学毕业
苏子耕：男，南京邮电学院毕业

这些老师都是从网上得知杜爱虎在为贡嘎山乡的学校招募支教老师前来的，他们都是与杜爱虎签订了任教的协议，有的是支教半年，有的是一年，他们的工资都很低，八百至一千二百元之间，我问他们在这里有什么困难，将来如何打算，他们都没有明确回答我，我知道这里的条件很恶劣，要在这里坚守下去是一件非常困难的事情，不仅要有吃苦奉献的精神，而且要有耐得住孤独和寂寞的毅力，但更需要的是政府和社会各界的关心和支持。

这一趟本来计划多待几天，但由于身体不适，我不能在那里久留，遗憾的是跟每一位老师在一起交流的时间太少，我把每一位支教老师的信息写在这篇文章里，就是为了让更多的人能够了解、支持和关心他们，让那里的孩子们能够同我们城里的孩子一样享受到应有的教育。

就在写这篇文章的时候,《四川日报》发表了清华研究生在玉龙西村支教的消息,我马上与谭江通了电话,六年前她和同事主笔的《察尔瓦上的冰花》的长篇通讯文章使我们相识,如今她已是川报的领导;六年后,我们又在康定巧遇,我跟她讲述了吉嘎老师和杜爱虎的故事,没想到她第二天就安排专人去贡嘎山乡采访。她告诉我,文章月初就完成了,因版面现在才发稿,希望我继续为川报提供好的素材。

晚上接到杜爱虎的电话,他说文章已经看到了,清华大学的网站也转发了,我感觉他既高兴又不安,他谦虚地请我指点以后的路该怎样走,电话里我没多说,也没想好,等他 7 月中旬放假来成都再叙。

2014 年 6 月

离天最近的哨所

今天我们要返回日喀则，在离开岗巴前，有一个地方是我们一定要去的，那就是全军海拔最高最艰苦的边防哨所之一的查果拉哨所。

查果拉哨所海拔五千三百米。这里高寒缺氧，含氧气量只有内陆地区的35%，年平均气温在零下十摄氏度以下。我们到达查果拉时是上午九点多，今天是个大太阳天，陪同我们的营长说，这样的天气对于查果拉来说是最好的了，我们穿着厚厚的棉衣，却还冻得瑟瑟发抖。哨所的十多名战士们在门口迎接我们，一问之下，他们来自不同的省市。看他们黑得发紫的脸，看他们一开口就裂出血丝的嘴唇，看他们粗糙的皮肤和凹陷的指甲，看他们有些木讷的笑容，我不禁感到心疼。

这里的官兵不但要负责珠峰地区的边防保卫，还要担负查果拉、控扬米和西西拉三大山口的巡逻任务，每个山口海拔都在五千五百米以上，途中要爬雪山、渡冰河、越险滩，走路时呼吸都困难，还要徒步走上几十公里，听营长说少数战士在巡逻途中会口吐鲜血，但不管怎样都没有放弃巡逻任务。

我们来到查果拉主峰，硕大的界碑旁，两位战士笔直地站着，看看查果拉的周围都是茫茫雪山，这里常年积雪，方圆几百公里不容易见到几个人，由于自然条件极其恶劣，树和草很难存活，连放牧的藏族同胞都不会在这里出现，这里除了守护边防的指战员，根本见不到人。

"为什么你们不戴手套？"我们队员突然看见了界碑旁战士乌紫的手，手上长满了冻疮，还有很多地方都裂了口，简直惨不忍睹，但他握枪的手却没有戴手套。

"他们习惯了，戴了手套不方便，有啥紧急情况哪儿有时间脱手套？"边防哨所的站长在一旁说道。科学家做过研究，在查果拉人待上一年，意味着少活两年。看到这样恶劣的环境下，战士们黝黑的皮肤，冻裂的手和脸，面对这些最可爱的人，谁能忍住泪水？我们几个都流下了眼泪。我们将车上那台三十四寸的液晶电视留给了他们，临走时，我一定要一个一个地和战士们握手，他们是中国军人真正的骄傲！

我们的第二站是位于江孜县的帕拉庄园，它是西藏一处保留完好的封建农奴主庄园。现在它已经成了国家重点文物保护单位之一，也是农奴翻身做主人的证明。抚摸着多年前被磨得油滑的楼梯扶手，多少农奴扶着这把手上下楼。走上二层，脚下稍微重一点，地板就会有延伸出去的麻木，曾经太多灌了铅的脚步印记刻在这里。

今天依稀可以看出当年农奴主奢侈的生活，在接待室里，放着虎皮、豹皮、洋酒、洋烟甚至还有咖啡，而就在几米以外的奴隶大灶，只有一口黑乎乎的铁锅和两把破旧的茶壶。在庄园对面

海拔五千三百米的查果拉巡逻队

的奴隶住所,仅几平方米的小屋居住的却是一家四口,黑乎乎的屋子,地上铺着破烂的布条,这就是他们生活的地方。

　　五十年的岁月,仿佛就在眼前,走出帕拉庄园,我不禁又想起了查果拉哨所的那些战士们,他们守卫着祖国边关,他们让昔日的农奴过上了幸福安康的生活。我再一次把目光投向远方,向查果拉官兵们致敬……

2009 年 6 月 10 日 22:22 写于日喀则

留存的短信

2020年3月10日晚,我突然收到一条短信,内容是这样的:"林爸爸,我是阿布洛哈村四组的吉尔么日外,是林川学校的第二批学生,我和且沙莫日准备过几日去浙江省武义县打工,会路经成都,想来见你。"看了短信后,我努力回忆这两位学生的模样。但因为学生太多,她们的名字又太长,一时不能确定她们是哪两位,更多的是对她们安全的担心,毕竟新冠肺炎疫情还没有完全控制下来。我回信息询问她们要去打工的单位是否联系好,并在短信中叮嘱她们一定要注意安全。

不知道是什么原因,也许是因为疫情被困家中活动少,那条短信的内容一直在脑中浮现,让我在床上翻来覆去,夜不能寐,脑海中十一年前那条短信又出现在我眼前……

2009年2月7日下午,在一列由成都开往太原的火车上,一位彝族小伙子正吃力地在手机上编辑着短信:"林爸爸,对不起,我不上学了,我要去打工,挣钱给家里,给村里的麻风病供养点……"接到这条短信,我心里五味杂陈。写信的小伙子叫阿达色贵,还没有满十八岁,是四川凉山州布拖县阿布洛哈村林川小学的学生。林川小学于2005年9月建成,十四岁的他读上了一年级,父母在他上学的前两年就为他订了娃娃亲，十七岁他就离开了学校结婚生子，他是这所学校乃至整个村子第一个出去打工的村民。2009年2月28日，他又在短信中告诉我："我现在在山西石玉县的一个砖瓦窑打工，一个月能挣一千五百元。"收到他的短信我真为他感到高兴。半年后，色贵又打来电话说他的工资没拿到，只领了第一个月工资，他问我怎么办，我在电话里教他怎样去对付老板，鼓励他要回自己的劳动报酬。10月底他回家途经成都，我在火车站接他时，真是让我啼笑皆非。原来他不是一个人出去打工的，还带着妻子和两个孩子——大的孩子两岁，小的还不到二十天。刚出生的孩子还重病在身。看着这个十八岁的孩子早就失去了同龄人的天真好奇，身上发出一股汗臭味，就知道他们一

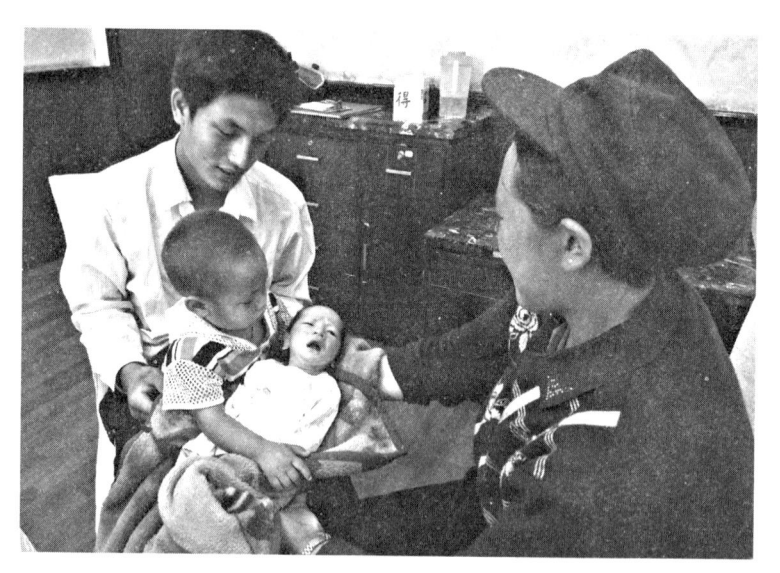

照片留下的记忆（色贵的小儿子十五天后去世了）

路的艰辛。

我请他们一家吃了晚饭，分别时给刚出生的孩子一点治病的经费，将他们送上了当晚回西昌的火车，然后安排朋友在西昌接站。后来得知，色贵并没有带孩子去医院治病，可能是因为治病费用高承担不起，他带着全家回到了阿布洛哈村，十天后他的小儿子去世了。庆幸的是我们见面时给他拍下了全家福。十年后，我应他的要求把这张照片送给他，当时他看着照片上尚未取名字的小儿子，两眼发直，一声不吭，他的妻子在旁边默默落泪。

十年来，色贵又增加了四个小孩，现在一共五个孩子，最大的儿子去年上初中，还给我写了一封感谢信，称我为"林爸爸"，色贵的父母也叫我"林爸爸"，我曾经请他们改口叫"林老师"，他们都说叫习惯了，改不了了。

今年3月18日晚，吉尔和且沙到了成都，我们约好第二天上午九点半见面，因为下午她们要坐火车去浙江打工。见面时她们带着大包小包行李，在三个小时的聊天中，我给她们看了许多过去在她们村拍摄的照片，其中有她们几岁时在房前屋后攀爬玩耍、小学时各阶段的照片以及她们的全家福。这些影像使她们兴奋、惊奇，甚至叫出声来。我望着她们充满青春朝气的脸庞，感叹时间过得真快，转眼间整整十六年过去了，如今吉尔已经二十岁，且沙二十一岁。

我向她们了解了各自的情况，才知道吉尔这次外出打工是为了逃婚，家里父母几年前就逼她结婚生子，而二十一岁的且沙已有两个孩子，大女儿两岁多一点，小儿子才六个月，现在两个孩

行走记忆　173

子都留在老家由其父母照看。

  几天后，且沙和吉尔都用微信给我发来了信息，还发来了不少图片。从微信中我知道她们现在已经上班了，每天工作十二个小时，这周上夜班，叫我放心。且沙还发了她在家时与孩子自拍的照片，看到这些，我知道且沙一定十分想念她的儿女了。就在聊天时，我又接到了阿布洛哈村阿达么有杂的微信，她看见且沙和吉尔发到她们群里的十年前照片，她希望我也给她找出十年前她和家人的照片，看来明天我又要忙了。

2020 年 3 月 21 日

旅行在高原

记不清是什么时候爱上了摄影，也弄不清到底是爱上了摄影才爱上了西部这块神奇的土地，还是西部这块神奇的土地不断地吸引我一次又一次深入其中。

那是在9月，从成都出发，经甘孜、阿坝、甘南、青海、西藏，历时四十余天，我再一次感受到了雪山的辉煌、山野的粗旷、草原的博大以及地平线的绵长。

初踏高原的人，最深刻的印象可能是它的荒凉，茫茫戈壁以及荒坡上昔日的残垣断壁，棕黄色的山脊以及宽广河滩上苍白的沙。只要你迈开脚步，就会感受到一种召唤，那是一种与你以往的生活经验完全不同的情怀。高原上气质各异的风土民情，伴着老人们悠远的眼神，世代流传的古老传说，还有高山大河间迎风而起的嘹亮歌声，所有的一切，在你的脚步间自然飘荡，让你渴望接近与融入。即使经历再多艰辛，也愿意一次次去体验，仿佛这是你曾经的家园。

虹

夏天的高原，常会见到彩虹。高原上多变的气候，那急骤的阵雨之后，天边会出现一道或一双弧形的半明彩虹。彩虹两端插

高原彩虹

在暗云之间，虹桥背顶着块青天，虹前方仍然不停飘着雨丝，使淡褐色、黄色、紫色、微红的彩环若隐若现。虹渐渐消散，天上已没有一块黑云，经过梳洗的蓝天与大地格外美丽和清新。

夕阳

我看见太阳变成了红色轮子落在远处山边，它利用云层分开的机会，射出道道光线；此刻一切东西都照映成细长的线条，遥远的山峰被夕阳染成金红色，天上的彩霞映在静静的湖水里；一头头牛羊大了肚子，缓慢移动在回家的路上。这预示着一天的结束，我在小路上盼望着第二天也能见到这样的夕阳。

九寨

一道亮光划破夜空,拖着长长的尾巴,消失在西部天地之间,老人常常这样说:"这是天上王母娘娘的宝石项链不慎失落,其中有红宝石、蓝宝石、翡翠石等九颗宝石,落在九个寨子留下九个坑,红的绚丽、蓝的深邃、绿的翠嫩、白的无瑕……"

溪流

大渡河峡谷两岸数百米高的峭壁上不生长任何植物,一块块巨石垒着,直耸天空,狭窄弯曲的谷底翻滚着大渡河水,三十公里长的峡谷最宽处不到五十米,最窄的地方约有十七米,从谷底望天,河有多宽天有多大。谷里只有晴天中午才能享受太阳的光芒。在这里既能感受到大自然的神奇和壮美,也能体会到压力、恐惧和梦幻。当年,石达开和红军部队都经受了这条险峻峡谷的考验,不知是天命还是人算,一个是失败,一个是胜利,但他们的智慧、他们的英勇、他们的悲壮、他们的精神,永远留在人们的心间。

林曲

森林里万木耸立,枝叶蔓披,像搭起的天篷,明暗交映,暗里藏着苔藓地衣,明里闪烁着流动的小溪。它们默默地为万木不停地供着营养,使寂静的森林变得鸟语花香、生机盎然,使人们在这里一次次享受着健康。

白云

历代有许多文人墨客都以白云赋诗作文。他们的诗文好似写在这些白云上面,只有纯洁的白云才能飘出思绪,用白云来表达情感,以白云来畅想人类的天空。而今天,那充满污染和硝烟的天空,一步步使白云受到伤害。我们盼望回到曾经,让更多的白云进入我们的生活,擦拭灰暗的天空和受伤的心灵。

岩壁

一片明媚的阳光照着苍黑发油的峭壁,岩壁上刻画着抽象的放牧图,图案好似一幅腐蚀的版画,直接印在了这块岩壁中间,周边生着有趣的小草,开着金黄的小花和淡红的杜鹃,使这普通的岩壁增添了许多光彩,留下了生动的故事。这些图案是什么年代制作、出自什么人的手,当地人不在乎,但当他们远行前和归来时都会来到这块岩壁前停留片刻,仿佛在默默地诉说自己的心语……

牧马人家

10月的扎溪卡草原,草地渐渐变黄稀疏。从牛羊的不安和急躁的神态中可感受到冬天的临近。牧民骑着他那灰色的骏马,带着他的女人、孩子和几百头牛羊,朝着一个方向缓缓地挪动,远远看过去,就像天空中飘动的白云,他们是永远在追寻绿色的民族。座座历史久远的民居,散落在荒蛮的山野,像一颗颗发芽的种子,拓展出一片片的翠绿。蓝天,白云,青山,碧水,童话般的原野,和风送来牧童阵阵笛声和牛羊的低鸣,这何曾不是喧闹的都市人的梦境!

  人在高原,不必刻意去寻找什么,因为在你视野所及的空间里,一切皆为自然。

2002 年 11 月

难忘的钟溪村

2018年11月,我受中国摄影家协会和重庆市黔江区政府的邀请,到黔江区新华乡钟溪村进行了四天的住村拍摄。

三十年前我在四川省教委工作时曾到过黔江,那个时候重庆还属于四川,从成都出发到重庆要坐一整天的火车,下车后还要在朝天门码头乘轮船到涪陵,然后再乘公交车到黔江,到达的时候都已经是第三天了。如今,从成都乘飞机到黔江就只需一小时二十分钟。那天,我到黔江机场后,来接我的是陈德麟先生,他是一位当地有名的摄影家,驱车一个半小时后就到了目的地——钟溪村。我们住在钟溪村2013年新建的村社里,那里的海拔有一千二百四十米,这个高度最适合人类居住。一下车,就觉得空气非常新鲜,我不自觉地进行着深呼吸,一

八十岁的陈福垣自己给冬瓜搭架,让冬瓜在空中自由地生长

次次的呼吸让我的双肺得到了清洗。

踏进钟溪村，映入眼帘的是一条宽敞的柏油马路和一排排新盖的居民房，路边不仅有明亮的路灯和路标牌，还有草坪、果树和休息椅，这些完全不亚于城市里的公共设施。但与城市不同的就是你不需迈步就能见到一幅幅变幻的山云画面。远方一层一层的山间盘旋着流云，瀑布从山上飞流直下，我不停地按着相机的快门忘记了时间，直到住店的老板吆喝着吃饭，才发现时间已快到七点。

我们住在一位姓付的农家里，他把整个第三层、一百五十平方米的房间提供给了我们住宿和活动，房间外还有一个三十多平方米的大阳台。我和陈先生每天都会在阳台沏上一壶茶，望远看山，心不自觉地变得很静。

女主人做的饭菜很好吃，但她很谦虚，说自己不会做菜，主要归功于食材原生态。的确，她每天都是从地里摘菜，蔬菜下锅前还带着露珠，猪和鸡都是自家养的，一般成熟的都要养一年。她家里只有她和她先生两人，先生在当地的一家矿泉水厂务工，儿女都在重庆。我问她房子这么大，为什么父母没有和他们一起住，她告诉我父母也有新房，他们八十多岁了还坚持下地劳动。

那几天我们为了拍日出，每天都在六点起床，但我发现女主人起得更早，特意为我们熬粥蒸馒头。当我们拍完日出回来吃上她做的又稠又香的热粥和馒头时，心里觉得很甜。

虽然我在这里待的时间很短，但那个村子在我心里却越来越重，让我留恋。每当我迎来日出的时候，每当我与钟溪村的人接触交往的时候，就会感到一种召唤，这是一种与以往生活不同的

九十一岁的冉兴友还坚持打草鞋　　　　担肥的钟溪村老人

情怀,这种感受来自大自然的神奇,这种感受来自村里人的勤劳、忠厚、朴实、善良。

在这个村子里我记录了十几位老人,他们平均年龄都在八十岁以上,他们都在用各种不同的方式健康地生活着。

他们中,九十一岁的冉兴友还坚持打草鞋,八十五岁的付元香每天还在下地劳动,八十二岁的陈凤兰坚持用农家肥种菜,八十二岁的张华英每年带着村里的乡亲们要做三百多双布鞋,八十岁的陈福垣自己给冬瓜搭架。

我以这些真实的照片,献给勤劳朴实的钟溪村村民,我相信在不久的将来,这个村一定会列入我国长寿村行列,也会有越来越多的人到钟溪村观光游览。

2018 年 11 月于钟溪村

难忘那双美丽的眼睛

在甘孜州德格县有一座美丽村庄——八邦寺，在那个村里我见到了这双极美的眼睛。这双眼睛使我想起高原上最美的景致。要是你没有上过高原，没有见过雪山、海子、森林，我怕无力为你提供想象的余地。

她叫格央拉错，十八岁，文静，身材修长丰满，眼神动情，执着中略显羞涩腼腆，热情中略带些野性。虽然总是用头巾掩住双眼以下的脸部，但是，只要有了那双眼睛，也就足够了。我们含笑对视着，她招架不住我端详的目光，害羞地垂下了眼睑，

美丽的眼睛

我想用语言促进理解交流，可话语不通，一个简单句子要分成几段，反复用手比画并加以注解。我们俩都十分着急，我掏出笔记本，想让她写上自己的名字，可她连连摆手，她不会写，她没有上过学！这里不是有条件免费读书吗？不是连食宿也由国家包了吗？

她用眼神和动作告诉我：从前，阿爸、阿妈不让上学，留在家里挤奶、捻线，等自己懂事了，羡慕起上学的伙伴来，已经晚了，快嫁人了。就这样十八个冬去春来，日出日落，她与高高的蓝天、乳白的云朵、银色的雪峰、成群的牛羊、游牧的帐篷朝夕相伴。

　　我羡慕她在大自然怀抱里独享其天然和自在，但是从她那有些潮润的眼睛里，我感受到了那贫乏的精神世界和单调的物质生活，我的心有些酸楚。

　　这时，格央拉错把头巾摘下来，我看见她那十几根长长的辫子、腰间佩着银质饰物和胸前那串孔雀松石，这一切与她那双眼睛构成一幅美丽的童话，使我更加理解和热爱这块土地。

　　格央拉错告别了我，我久久地望着她的背影，心里有些怅然。如果格央拉错不仅是自然生命的钟灵毓秀，还能在现代文明里接受熏陶，秀美中再添些聪颖该多好！用那俊秀智慧的眼睛，越过高山，跨过草原和森林，去涉猎更为广阔的领域。

2001 年 8 月于德格

难忘在凉山吃的那顿年夜饭

明天就是除夕了,按中国的传统习俗,每家都要团聚、吃团圆饭。这几天,我每天都会接到大凉山麻风康复村乡亲们的问候和祝福,在这个时候,我更加思念他们。

那是 2005 年,我第一次在四川凉山的阿布洛哈村(麻风村)过彝族年,那里不通电、不通水,更不通车,进村要走六个小时的悬崖路,出村时还要坐溜索跨越百米的西区河。那时候,这个村还保持着人民公社制度,每天一个主要劳动力记十分工分,收入为五角四分钱。那年过年的时候,全村仅杀了两头羊、一头猪,四十八户每家只能分到很小的一块肉。我是在村主任家过的年,他家共有九口人,年夜饭村主任和他儿子陪着我先吃饭,其余家人要等我们吃完后才上桌吃饭。我让村主任请家人一起上桌吃饭,他解释说我是远方来的客人,这是对我的尊敬,这也是当地的风俗习惯。村主任把仅有的一点肉都放到我的面前,还一个劲地往我碗里夹肉,那顿年夜饭我吃饱了,但心里很难受。第二天临走时我把身上仅有的四千二百元钱交给了村主任,村主任当时不想收,我说这是我的一点小心意,让他们买点小猪崽养起来,明年大家都能多分点肉吃。还告诉他我以后会常来。随后的几年我都坚持抽空去村里看望他们。

年夜饭

　　十二年后的 2017 年，我又在这个村子里过年。在党和政府的关怀支持下，阿布洛哈村不仅通了电、引了水，建起了小学校、卫生所和养老院，而且每家的住房条件都得到了较大的改善。也有孩子读上了大学，还有青年参军入伍。过去村里不敢出去的小伙子，现在大部分都走出大山，到外面去打工挣钱。那个年全村都过得很热闹，每家每户都杀了年猪，很多姑娘都使用上了化妆品，小伙子们向我炫耀着手中的智能手机，纷纷要加我的微信。没有家眷的孤寡老人都是在养老院里过的年。我目睹了村子这些年来翻天覆地的变化，就在过年的那天，我见到了村主任的儿子和他一起打工的朋友，他告诉我，今年他们到过广东、江苏、重庆等地打工，挣了好几万呢！如今他们的收入相比原来翻了好几十倍。我在这个村子里看到的是人们越来越多的笑脸和发自内心的自信，他们的梦想正在逐步得到实现。

2018 年 2 月 15 日发表于《人民政协报》

且沙牛日的命运

且沙牛日今年三十四岁,身材高大健壮,对人热情诚恳。他的汉语说得很好,与我交流几乎没有什么障碍,认识他好几年了,他一点没有透露过他的过去,直到他九岁的女儿要同我去北京,参加在人民大会堂举行的"林强事迹报告会",去北京的前一天,突然他找到了我,向我讲述了他的过去。

十五年前,且沙牛日染上毒瘾,为了吸毒,他当过小偷,打过人,进过拘留所。那个年代,且沙牛日在布拖县是一个有名的"人物",经常往返在云南、西昌、成都之间。毒瘾来了,就去偷,就去抢,每天买毒品的钱要三四百元,几年下来吸毒用的钱少不了十几万元,这些钱可以给麻风村盖好多好多房、买几万斤大米。有一次他的毒瘾又犯了,身上又没有钱买毒品,于是坐立不安,心里像猫抓的一样,半夜难受至极,就去偷老乡的鸡,想用鸡换毒品,没有想到在偷鸡的过程中,左小腿被狗咬了一大口,直到现在还留有伤疤。

当然且沙牛日也有"发财"的时候,有一次他在火车上偷了三千元,为此他请伙伴们吃饭,结果三千多块两天不到就花光了。

且沙牛日还常向他的同伴炫耀，认为自己有本事。现在的他回想起来当年的事，十分后悔，觉得自己太不应该了。他还告诉我，他偷东西也有失手的时候，好几次进了拘留所，最长时间在拘留所待了半个月，出来时一再向警察保证从此不再偷了，不再打人了，但没有多久，只要毒瘾发了，一切都忘了，就是亲人的东西也会偷。

且沙牛日一家

当时他二十出头，本应该是一生中精力最旺盛的时期，但当时一米七八的他体重却只有一百零四斤，全身都没有劲。流浪了三四年的且沙牛日，想改好，想戒去毒瘾，但当时凉山州还没有这个环境。要戒掉毒瘾谈何容易，不仅本人要有坚强的毅力和决心，而且还要有特殊的环境。

且沙牛日小时候听父辈人说过，布拖县乌衣乡山下有一个与世隔绝的麻风村。他明知道麻风病的可怕，去村里生活也有被感染麻风病的风险，但在外面的世界要想戒掉毒瘾也非常困难，没有办法的他为了戒毒，带着疑问，带着唯一的希望，踏上了通向麻风村的崎岖之路。从布拖县到麻风村的路途约七十公里，他走了三天。当他第一次出现在麻风村村主任吉列史尔面前时，村主任十分惊奇，足足看了他好几分钟，不知他是怎么走进村里的。当且沙牛日拖着要死不活身体向麻风村村民讲明来意时，村民们接纳了他，并让他暂住在村主任家里。

起初的半年时间是且沙牛日最难受的时候，有好几次都想跑出去，但是村民们都十分关心他，还给他讲了很多麻风病人与病魔做斗争的故事，还给他采了很多山药，为他煮汤喝。慢慢地，在村民们的精心照顾下，且沙牛日的身体和精神渐渐好起来了。为了感谢村民的关心，且沙牛日每天坚持参加村里的劳动，劳动时他很努力，从不缺席，就是下雪天他也会坚持努力干活出一身大汗。

终于，且沙牛日在麻风村彻底戒了毒，三年后他和村主任女儿结了婚，从此过着平静的生活，他现在已经有了三个孩子，他告诉我，如果当时他没有走进麻风村，没有得到村民们的收留，他早就不知道在哪里死去了。现在他最大的梦想就是能让他的孩子有文化，今后能走出封闭的大山。

2007 年 9 月

清明节在家

今年清明连着周末放三天假,正好有时间陪九十一岁的母亲。

母亲陆齐民 1947 年毕业于国内的名牌大学。那时的她不仅年轻、漂亮,而且思想很进步,虽然她出生在国民党将军的家庭,她的父亲陆福廷是孙中山的爱将,但她却一直向往延安,她相信共产党能救中国。毕业那年,她向她父亲提起要去延安,那个年代,去延安途中设有许许多多的关卡,母亲知道只要自己的父亲打招呼,这事就能如愿。因为当时围剿延安的最高指挥官是胡宗南将军,而胡宗南是她父亲在黄埔军校任教时的第一期学生,最终外祖父没有满足母亲的愿望,父女之间思想上有了矛盾。后来,母亲同父亲林德成放弃了随外祖父去台湾的机会,从此留在了大陆,留在了一个偏僻的小县城。

在我五十年的记忆里,母亲几乎不谈她的父亲和丈夫,不知是人老了还是因为怀旧的原因,母亲近段时间常给我聊起她的童年和青年时代,而每次谈起往事,都显得兴奋、激动。让她最高兴的事是去年 8 月 28 日,她参加了在江苏省老家重建孙中山题赠的"教子有方"纪念碑的揭幕式。这是在她生命最后阶段带给她的温暖和礼物。

1917年，我的曾外祖父陆荫培去世，在外祖父陆福廷回籍奔丧时，孙中山亲自题词"教子有方"四字挽言。在祖父陆福廷去世五十周年、辛亥革命一百周年之际，中央统战部在"教子有方"的碑文中肯定了陆福廷将军为创办黄埔军校、为家乡办女校、解民困、抗日战争时期在战地运输和后勤补给方面所做的贡献。这些不朽的历史会活得比我们久，因为它传递的是民族的精神和美德，它们会永远印在人民的心里。

明天是清明节了，我把父亲的照片找出来放在客厅正中，用这样的方式纪念五十多年前离去的父亲。

父亲的模样是从保存的照片那里得到的，小的时候，我和哥哥姐姐们都不敢向母亲打听父亲的事。后来，到了自己有了儿子的时候，也同样不敢接触这敏感问题，直到去年，我找出了母亲所有的照片，计划以这些照片为她做一个特别的年历，献给她九十岁的生日。我拿着那些发黄的照片，向她问了埋在我心中多年的问题。

在我四岁的一个清晨，天还没有亮，姑婆把我和两岁的妹妹叫醒，趁着月光送我们去了乡下，那天是父亲出事的日子。五十年后，我才从母亲那里得到证实，那天是1958年2月25日，是父亲三十七岁的生日。

父亲1947年毕业于金陵大学，曾在国民政府青年部、教育部任过职，新中国成立后他从南京回老家资中，经过"肃反运动"

后在中学任教。父亲年轻的时候很帅气，有文化，见过世面，他深知有教书的机会是不易的，于是他把所有的心血都用在了教学与育人上，想以学生取得的成果来证明自己有所作为，但现实压得他喘不过气，母亲说他最喜欢的动物是蓝天中飞翔的鸟。

记得十三岁那年，我第一次来成都，到成都最爱去的地方是动物园，那时的成都市动物园地处现在的百花潭公园，动物园里

2012年清明节，母亲在亲人遗像下纪念时的场景

有一个小岛，小岛虽不大，但三面环水，水面上有许多水禽飞来游去，我怎么也弄不明白，那个时候动物园的鸟，不像家乡的鸟，为什么不飞走？这个问题困扰了我很多年，直到最近，我从朋友的文章里明白了那些鸟飞不起来的缘由：原来是兽医为那些本来会飞的，而且天性酷爱外飞的鸟做了手术，切断了它们翅膀上一条小小的，但很关键的韧带，外表根本看不出痕迹。因此，那些鸟从此就只能徒劳地扇动翅膀，却不会真的飞起来。

五十年之后，我在西藏斑公湖上看到了同样的鸟，它们是真的会飞，飞到你的身边，偶尔也会停留在你挎的摄影包上面，这些鸟儿们选择了特殊的方式去亲近人类，人类又用食物和微笑回赠它们的友好和快乐。那天，我被这些鸟感动得热泪盈眶。

清明节上午十点，我们全家在家里为去世的亲人举行了简单的仪式，母亲亲笔写下了"深情永在"四个字。

2012年写于清明节

摄影伴随我的四十年

四十年前的 1979 年，我还是一位普通的军人。那一年，我打破了全军田径十项全能纪录，第一次荣立了二等功，得到了两百元的奖金。我用这笔钱买了一台照相机，没有想到这台相机改变了我的生活方式。从那以后，我带着相机多次往返西部高原，经历了坦途、山道、荒野，乘大车、小车、骑马、步行……度过了多少个难忘的日日夜夜。

为了拍摄贡嘎山，我蜷缩在海拔四千米的岩缝等待着第二天的日出；曾与同伴翻车于马尼干戈，从倾斜的车中逃出，立刻用镜头捕捉了草原上飞奔来搭救的骑手；曾在满天冰雹的扎西卡草原与藏族同胞一起在洪水中救人。那个时候，仿佛在寻找什么，后来我才明白：这是自由、热爱与快乐。

三十年前，我拍摄的贡嘎山、海螺沟的美丽画面，变成了景区的门票和画册广泛传播，如今海螺沟已经成为国家 5A 级景区，我也成了海螺沟的宣传大使。

因为摄影，二十八年前，我在贡嘎山下认识了吉嘎老师，他一个人坚守在海拔四千米的学校长达二十七年，在我记录他的过程中，我问他有什么困难、有什么需要，吉嘎老师想了一会儿说："校门前的国旗有些旧了，你送我一面新的吧！"后来，我配上了图片在网上讲述了他的故事，清华大学的研究生杜爱虎看到了报道，他拿着从网上下载的照片，来到了这所学校，接过了吉嘎老师的教鞭，在那所学校坚持支教五年。杜爱虎的故事也感动了许多大学生，如今已有三十多位大学生沿着他的路在那片土地上耕耘着……

记录钱智昌的过程，是最让我动情的。钱智昌今年七十五岁，十二岁患了麻风病，手脚残疾，用嘴播种。二十年来，他在开垦的荒地上收获了十八万斤玉米，全村的很多人都得到过他的帮助，他用没有手指的"手"和没有脚掌的"脚"做了四肢健全的我们想都不敢想的伟业。

2017 年，我以他的故事出版了《生命的力量》图书，这本书不但获得了国家出版基金，而且也激励了不少年轻人。

我拍摄的"雪线上的孩子们"的专题照片，得到了党和政府的关注，政府从 2013 年开始着手解决四川民族地区海拔两千五百米以上冬天学生的取暖问题，让四十多万学生的教室冬天暖和起来了。

20 世纪 90 年代，我拍摄的农村体育教育的专题片推动了全国农村学校体育的试点，后来创造出全国农村体育教育模式。

最近，我在凉山阿布洛哈村（原麻风村）举办了十五年纪实摄影展，以图片的方式讲述了十五年麻风村发生的翻天覆地的变化，展现了村民越来越多的笑容和发自内心的自信，使贫困落后的山村逐渐向城市的发展，与文明接轨。这就是影像的魅力！它会告诉子孙，我们做过什么，我们怎样走过，我们留给他们什么。

　　四十年过去了，我已年迈，以后去那些地方可能会少些，但那些地方在我的心里反而越来越重，因为那里的每一个村寨，每一位山民和那里的一山一水、一草一木对我来说都太亲切了，好像我一直生活在那里，我的脑海里常常会浮现出那些画面。原来，那里早已是我心灵家园。

发表于《现代艺术》2019年第一期

林强的作品

圣山下的"慈子花"

贡嘎山是摄影家的天堂,是摄影爱好者心中的向往。我,作为一个摄影家,在20世纪90年代多次前往贡嘎山进行拍摄,由此认识了多吉扎西仁波切,也见证了他所创办的这所西康福利学校的发展,更是亲眼看着那里的孩子们一批又一批地入校学习、考学离开。这二十年来,我数十次来到这所学校,与多吉扎西仁波切结下了深厚的友谊。这所学校并不突出,也没有"名校"的传播度,但它却深深地印在我的心中,越来越重。那里的每一位老师,每一位志愿者,每一位孤儿及特困生,对我来说都太亲切了。每当在学校迎来一个个日出的时候,每当同学校老师接触和交往的时候,就会感受到一种召唤。那是一种与以往生活经验不同的情怀,这种感受来自多吉扎西仁波切的慈悲包容,来自老师们的敬业奉献,来自学生们的坚韧团结。学校虽然离我数百里,我却好像一直生活在那里。西康福利学校不仅是我心里的一份挂念,更似我灵魂的港湾。

西康福利学校位于海拔三千七百多米的塔公草原,面朝雅拉神山,背靠贡嘎圣山。我第一次去学校,带了一面国旗。学校用我带去的国旗举行了隆重的升旗仪式，从此五星红旗就飘扬在学校的上空，飘扬在塔公草原上，飘扬在神山之间，飘扬在每一位汉、藏、彝、羌族群众的心里。如今二十年过去了，这面红旗仍然鲜艳，越来越耀眼。那里走出了一批又一批的大学生，走出了全国少儿艺术大赛的获奖者，走出了全省的"三八红旗手"，还走出了"感动中国十大人物"……这些成绩、荣誉浸染着这面红旗，滋润着贡嘎山这片土地。

犹记得八年前的一个晚上，多吉扎西仁波切给我打电话，兴奋地告诉我，学校里的第一批高三毕业生参加了高考，他们的成

六一节——孩子的生日

绩都挺不错。这样的好消息让一向沉稳淡定的多吉扎西仁波切也激动不已。几天后，我找到了省招生考试办的领导，跟他们介绍了这所学校，讲到了这些孩子们的不容易，希望他们在不违反政策的情况下，对孩子们多加照顾。最终，首批二十二名毕业生有二十一名顺利上了大学，走下了高原，踏上了新的人生之路。也是从那一天起，我对这所福利学校，对多吉扎西仁波切，对那些志愿者以及那些孤儿和特困生们更加刮目相看。

2011年六一节那天，学校邀请我跟孩子们一起欢度节日。那一天，学校布置得喜庆洋洋，彩带、气球随风飘扬，每个孩子都穿着自己最漂亮的民族服装，快乐幸福溢于言表。走进学校活动中心我就看到挂着"孩子们，生日快乐"几个大字的横幅。我当时特别纳闷，谁的生日值得全校庆祝，而且搞得这么隆重？原来，这里的很多孩子都是孤儿，他们有的出生以后就被父母抛弃，连自己的生日都不知道是哪一天。于是，多吉扎西仁波切决定每年的6月1日就是孩子们共同的生日。那一天是全世界小朋友最快乐的一天，他也希望这里的孩子们能够永远快乐下去。生日这天，活动室里张灯结彩，绿叶青翠，花枝招展，五颜六色的糖果摆放在桌子上，瓜子、花生这些孩子们喜爱的小零食更是必不可少。这是一次生日聚会，也是一次家庭聚会。孩子们和我们一起唱歌、跳舞、讲故事，最后共同许愿、吹蜡烛、吃蛋糕。到了晚上，篝火点起来，全校师生围绕着熊熊篝火跳起了锅庄舞，悠扬的旋律、跃动的舞姿点燃了贡嘎山之光。

行走记忆　199

如今，二十年过去了，一批又一批优秀的志愿者走进这所学校，而这所学校也走出了大学生、研究生、空姐、摄影师、歌手……多吉扎西仁波切的慈悲和老师们的奉献改变了这些孩子们的命运，重新为这些折翼的孩子们添上飞翔的翅膀，让他们能够在贡嘎山的这片蓝天下自由翱翔。

贡嘎山，藏族人民心目中的神山，圣洁美丽，至高无上。西康福利学校收藏着我的一幅贡嘎山的巨照，这幅照片的原件保存在军事博物馆里。那是2007年，我由于帮扶凉山州麻风村的教育，被全国各地媒体宣传报道。多吉扎西仁波切在央视新闻联播看到我的事迹以后，当天晚上就给我打电话，高兴地说："好！好！太好了！林老师，你太好了！"随后，他问我能不能送他一张照片。我思来想去，挑来挑去，选中了那张贡嘎山的照片，我想让贡嘎山的光辉照耀着西康福利学校，庇护那里的老师和学生们，让他们永葆圣洁纯净之心。

教育是关乎国计民生的大事，影响着一个国家的未来。然而，我们现在的条件有限，不能让每个孩子都享受到优良的教育。多吉扎西仁波切用他的慈悲之心帮助了那些孩子，也化解了我们的难题。作为一个奋斗了五十年的教育工作者，我一直被多吉扎西仁波切和那些志愿者的奉献精神深深感动。此次听说他们要编写本学校二十周年纪实的书，我便自告奋勇地为他们出谋划策，当看到那些志愿者和孩子们写的文章，我又一次在心里为他们竖起了大拇指。多吉扎西仁波切为给孩子们修建这样一所学校，筹措资金，设计施工，组建队伍，招收学生，实施教学……把自己操劳得一身病，怎能不令我赞叹！来自全国各地的志愿者们，吃的米饭经常是夹生的，点着蜡烛批改作业和备课是常有的事，一个人身兼数科和数职，每个月却只拿着三百块钱的工资。这样的环境下，他们有的人一坚守就是二十年，怎能不令我敬佩！这些孩子们，出身贫寒，有的连自己的父母是谁都不知道，可他们不堕落、不抱怨，一直保有一颗纯洁向上的心，不畏将来，砥砺前行，怎能不令我感动！

在本书中，西康福利学校的管理者和老师们回顾和总结了建校二十年来的办学、教学经验与心得，志愿者和学生们讲述了一个个关于学校生活的动人故事，志愿者无私付出，突破自我极限，创造出一个个奇迹；孩子们敞开心扉，克服困难，在如父如母的仁波切和老师关怀下成长、蜕变，实现梦想……在雪域高原上，天空格外纯净美丽，而比天空更加纯净美好的，是你将在书中遇见的灵魂。对于那些有志于投身教育事业，特别是为民办教育和特殊教育奉献力量的人，对于那些在职场上苦苦打拼却总是难以突破的人，对于那些渴望寻找心灵力量的人，本书都非常值得一读。

2018 年 9 月为《西康福利学校 20 周年纪实》作序

石头房木雅寨

2011年12月初我就计算着去石棉县木雅寨的日子，因为蟹螺乡猛种村至今还保留着木雅藏族的风俗习惯，当地人都把猛种村称作"木雅寨"，我邀请了一些摄影发烧友，一起去木雅寨记录当地每年农历冬月十五晒佛节的场景。

12月23日下午，我们一行沿着蜿蜒崎岖的山路，花了两个半小时到达了木雅寨，整个木雅寨里全是石头砌成的房子，就连房顶都是用一片一片的薄石板砌成的，远远看去，一栋栋石头房就像欧洲的古老房屋，走在其间，仿佛置身于中世纪的欧洲城镇。寨里的房子一般分为三层：底层是用来养牲畜，二层住人，三层是存放粮食和腊肉的地方。我们刚到达寨子，就看到寨口几株百年大树下集中了许多寨民，其中还有几位穿着暗红色长袍的喇嘛，敲着锣鼓。年长者带领着全寨的男女老少烧着柏香，吹着海螺和长号，还定时鸣响了火药枪，好像是在欢迎寨外人的到来。之后一位喇嘛开始为全寨的人诵经、念佛、祈福平安，祈福结束后我们和当地的寨民开始慢慢熟悉起来，从和他们的聊天中我们得知，原来今天是晒佛节的前一天，每年晒佛节的前一天下午四点全寨的人都要在寨口举行一场隆重的仪式，这是为了庆祝木雅人一年的丰收成果，并祈福来年的风调雨顺。

冬月十四的晚上，木雅寨所有的寨民都要参加一种神秘的舞蹈，我们看见许多青年男女都戴着布做的面具，身着民族服装，扮演着各种人物，在鼓声和锣声中跳了起来。其中有两人扮演一对老夫妇，其余人扮演儿女，舞蹈内容是反映一家的生活，有喜怒哀乐场景，有夫妻生活的章节，这样的活动要持续两个小时，最后所有参演人员在老夫妇的带领下，把喇嘛捏的面人送给想生孩子的人家，并送上祝语。整个过程中所有人都不能脱下面具。

木雅藏族又叫木雅尔苏藏族，是至今仍然生活在雅安甘孜凉山交汇处的古老神秘民族。木雅藏族人平时比较腼腆，只能用这种丰富的民间歌舞来表现他们的活泼、大胆和友爱，遗憾的是为了尊重当地的风俗习惯，我们不能摄像拍照，要想知道这种原生态舞蹈的过程，只能去到当地亲身感受。

木雅寨一年之中最热闹的活动就是晒佛节了，每年这一天的上午十点，所有的信徒在喇嘛的引领下，到寨子的最南边保存两幅大唐卡的人家中抬佛。抬佛时必须从房屋的顶部天门抬出，抬佛时步幅也非常讲究，每前进三步后还要向后退两步，抬佛的队伍在喇嘛的敲鼓声、长号声、海螺声和寨民"哟嘿、哟嘿、哟嘿"的喊声中来到展佛台前。这时不少民众都高举着哈达，还有的民众还抱着公鸡、牵着羊、背着杆杆酒从四面八方向展佛台聚集。两幅大唐卡被挂在专门搭建的展架上，因为唐卡不能触地，所以

行走记忆　203

需要年长者用干净的竹竿缓缓地揭开保护唐卡的绸布。绸布一揭开，一幅金光闪闪的佛像顿时展现了出来，在阳光的照射下更加耀眼。喇嘛们围着设在唐卡前的祭台诵经，并跳起了宗教的舞蹈，此刻间祈愿的民众和还愿的民众络绎不绝，在喇嘛念了一番经后，那些抱着鸡牵着羊的寨民便开始杀鸡宰羊，并把热血洒在唐卡下方的地面上，而且一边洒血一边把鸡毛扯下粘在祭台前，以这种方式来祭拜神灵。

所有祭祀活动完成后，民间歌舞正式上演，男女老少都尽情地唱尽情地跳，一直到太阳落山才将唐卡按原路线抬回原地，之后全寨的人一起在展佛台前共进晚餐。

黄昏时分我们告别了木雅寨，下山途中我们脑海中还不断浮

木雅唐卡

木雅寨

现出一幅幅生动的画面,大家都说真是不虚此行。短短两天里,我们在这里真正感受到了木雅民族原始生态的习俗,这种文化能够在汉、藏、彝三个民族之间和谐交汇,真不愧是汉、藏、彝区通道走廊的文化活化石。

2011 年 12 月于雅安

水音缥缈

离成都一百零四公里处的三江生态旅游风景区是我常去的地方，那里清澈见底的溪水，净化我的心灵。

在山涧峡谷，一幕乳色水帘，从几十米高的石崖上奔涌而下，壮阔而又飘逸，雄厚而又庄严，潇洒的姿态，伴随隆隆的水声舒展在天地之间，那一刻，我知道了什么是气势磅礴。

躺卧在巨石上，枕着森林涛声，仰望蓝天白云，领略峭壁上飞流直下的山泉、林中似火的红叶、潭中的倒影、潮湿的水雾……那一刻，我懂得了什么是自然。

站在池边，湖水清澈如镜，湖边的杜鹃花默默地绽放，山林间偶尔传来轻轻的虫鸣，那一刻，我体会到什么是宁静。

行走在沟中，那一块块生满苔藓的青石上，散着红黄的秋叶，阳光透过密密的树枝，照射在潺潺的流水之中，显得那样欢快，天空、森林、流水、山石、野花、山鸟融为一体，那一刻，我感受到了和谐。

穿过山谷的溪水，绕过山崖，义无反顾地向前奔流，百折不回，使人想起它们的归宿——大海，那一刻，我更加领悟到什么是柔中有刚。

就是这平淡的水，它们在峡谷中咆哮，在平川上缓缓地淌过，不分昼夜地奔流着，养育着我们的祖祖辈辈，给予了我们生命，净化我们的心灵，使我们变得更聪明。保护水、呵护水，我们才会在更多的地方倾听到森林的涛声和百鸟的啼鸣。

1998 年 10 月

水音缥缈

探望老英雄巴姆

今天我们在拉萨的行程有两处,首先便是著名的大昭寺。"去拉萨而没有到大昭寺就等于没有去过拉萨",许多人都这样告诉我,其实我已经来过这里多次了。

大昭寺位于拉萨老城区中心,距今已有一千三百五十年的历史。每天大昭寺的门前都会挤满转经和磕长头的信徒,有老有少,有男有女,还有小孩子,其中一些不远千里磕长头前来朝拜,为的是朝拜大昭寺里供奉的释迦牟尼佛像,这尊释迦牟尼十二岁等身像是唐朝文成公主入藏时带来的,这些来朝拜的人们也被称为"朝圣者"。

这里的人们无比虔诚,在大昭寺门前有一个烧着万盏酥油灯的房子,里面的万盏油灯从来没有熄灭过,所用的酥油都是朝圣者供奉的。房子的墙壁上有一些人后背紧贴在墙上坐着,其中还有外国人,问他们为什么,他们用并不流利的汉语告诉我,这样可以治愈他们的痛苦。我们也看到带着小孩在这里磕长头的信徒,他们让小孩辨认这些佛像,俯身用头触碰佛龛的底座,他们在大昭寺面前行礼,孩子们就在一旁做作业,在孩子年幼的心中就种下了对这些神灵的崇拜，他们对信仰如此虔诚也就并不奇怪了，因信仰而活着，或许就是他们的生活写照。

位于大昭寺旁的八廓街是一条特色旅游购物街，这里商铺林立，各种民族特色的商品琳琅满目，我们也想给亲戚朋友带特色的礼物回去，讨价还价后，我们几个都买下了好几件。

从大昭寺出来，我们便去拜望老英雄巴姆。巴姆的事情我在成都时便听说过一些，也是我的老领导杨德升告诉我的。在扎木57医院他们培养了一批藏族孩子，巴姆也是其中的一个，她是个非常好的人，是当时医院里所有人公认的模范和英雄。

巴姆在医院时是做护理工作的，后来参加了中印自卫反击战，现在巴姆已经七十多岁了，但还是保持着军人的本色，她在拉萨和昌都开了两个便民诊所，用低廉的价格为藏族同胞治病，还免费为一些生活条件困难的患者治病。

这次我们来拜望巴姆，是作为老兵来拜访一个老兵英雄，也代表我的老领导来看望她，我们给她献上哈达，送去了礼品。她看到我们非常激动，离开部队已经这么多年了，部队仍然记得她。坐在她的诊所里，她给我们讲起了过去在战场上的经历，讲他们给战士送医送药，讲有许多战士因为药物不能及时送到，身上都长了虫，讲在57野战医院的那一段日子是永远难忘的日子。"我们要多帮助那些在战争中受伤的人和牺牲的战友家庭。"巴姆这样对我们说。

吃过晚饭后我们再一次漫步在布达拉宫广场，广场中打开了音乐喷泉,许多人在这里漫步,处处充满和谐。夜晚的布达拉宫在无数的灯火辉映之下更加神圣庄严。

2009 年 6 月 6 日 22：15 写于拉萨

巴　姆

田湾河是一条梦中河

田湾河是"蜀山之王"贡嘎山的共生河,它经历了大自然八百多万年的造化和久远的历史,它一头拴着现实,另一头系着神话,让许多的科学家、探险家和文化人魂牵梦萦、流连忘返。我曾两次穿越田湾河,它集奇、秀、险、峻风光于一体,如我梦中的河。

漫步田湾河,几十处瀑布飞流直下、蔚为壮观,这里地热资源十分丰富,多处温泉和大热水、小热水、神药水等温泉都在三十到七十摄氏度,水中含有丰富的微量元素。

田湾河海拔在八百米到五千米之间,几十公里内植物呈现垂直分布,从阔叶林带到永久积雪带,生物资源十分丰富。

最让人兴奋的是走自搭桥过河,那座座独木桥,让你领略人类智慧的手笔,惊恐之余使你感受到的是那超然的兴奋和愉悦。那层层叠叠的大河滩中的奇石五彩斑斓,就如一幅幅国画。长着双头奇棕的川式古寨,道教、喇嘛教和佛教文化并存的新庙宇,汩汩流淌的神药泉麻木了磨坊中不停转动的大木轮,喇嘛崖神秘莫测的古径壁,已经枯竭的古金矿,都在诉说着昔日田湾河的文化。

田湾河深处有两个海子:一个是"人中海",另一个是"巴王海"。"人中海"周边被树林包围，与雪山相映，这里是牛羚和野猪的领地，每到繁殖季节，几十头牛羚云集河坝上的盐卤地，自由地分享爱的欢悦，承担着种群的繁衍重任……"巴王海"是个枯木的海子，海心流淌捋妥泉，河床被淤泥淤塞，形成色彩斑斓的细沙床，这里好似远古神话《东巴经》的史篇，至今还保留着许多神奇自然现象，"湖中长树"，树会走路，以及石头说话等神奇景观。

贡嘎寺紧贴贡嘎山，在子梅雪顶观贡嘎山全景，如遇云海，就如身临天庭之间。

2001年5月

梦中的田湾河

美丽的野山鸡

野山鸡有一百余种,最美的是在康复村,我见过那种让人心醉的野山鸡,只要一眼,一辈子都不会忘记。它的眼睛圆圆鼓鼓的,还很亮,就像夜里的猫眼一样,嘴很尖硬,头部有白色的祥云花纹,顶部还有鲜红色带子状的装饰,把它装扮得很艳丽。它的羽毛长长的,有规则的银色、黑色相间的花纹,显得很高贵。我去过许多山里,见过不少的野山鸡,也带孩子去过动物园,都没见过这样美的野山鸡。

那是在 2006 年的秋天,村里的村民为了表达对我的感激,据说开了半天的会,大家一致决定要送我一样礼物。康复村很穷,村民拿不出值钱的东西,他们虽然没有什么文化,但观察人很仔细,看见我这几年到村里,最爱吃的就是村里的土鸡,最后决定派四位年轻人,到山里去捉美丽的野山鸡。

半天的时间,四个人完成了村里的重托,捉回来一只美丽的野山鸡。这次行动他们没有让我知道,直到与我告别的时候,村主任委托学校的拖觉老师把美丽的野山鸡交给了我。我看见这美丽的野山鸡,又爱又喜欢,但却不知道怎么办。我说:"这么美丽的野山鸡,我怎么能带回成都?还是让它回归自然吧。"拖觉老师不答应:"你一定要收下!这些年来你办学校、修路、送食物,这是村民对你的感激,如果你放回山里,他们要生气。"我听着拖觉老师的这番话,觉得他讲得也有些道理。我摸着这美丽的野山鸡,心里真是充满感动。

后来我才知道,野山鸡是有寓意的,它代表"爱的象征和纯真的友谊"。

康复村是1963年建的,治愈好的麻风病人,基本上都没有回到原来的家乡,就在这里安家。他们靠着自己残缺的肢体,在这片无人区里,在那些荒山乱石中开垦了六百亩土地,基本上能自给自足,在这里,他们也有爱情,也生儿育女。

他们结婚不像现在的人要到当地有关部门去照相、登记,办

拖觉老师正在用野山鸡向我转达全村人民的心意

理手续，领取合法的证明，那个时候，他们的相爱和结合只需要告知全村的人。有文化的人，会浪漫一点，女方会采一束野花，男方会在山里捉一只美丽的野山鸡，相互赠予。

  我曾听过吉保拉伍的故事，他今年已九十岁了，娶了比他小十一岁的曲么里公，当时他真的是在山里抓了一只美丽的野山鸡，表示他对女方的心意。他不好意思地告诉我，为抓那只美丽的野山鸡，他在山上守了一夜，自己的脚、手都被山上的荆棘刮伤了，好在他年轻的时候在凉山彝民团当过兵、打过土匪，有在山里蹲守的经验，虽然一晚上没有睡觉，但当他抓到那只山鸡的时候，两眼放光，忘记了疲惫和伤痛。当他把美丽的野山鸡献给他心爱的曲么时，两个人的脸都笑开了花，他们就这样结合了，一起生活了五十年。

  吉保拉伍到康复村前是在县粮食局工作，不幸的是，在20世纪60年代初，他患上了麻风病，为了不感染其他的员工，他放弃了当年被人羡慕的工作，到康复村进行治疗，从此就在这里安了家。他和曲么生了两个女儿，大女儿嫁到了金阳县的康复村，我见过他的外孙女，长得真美，好似仙女，我连续三年每年都给她拍一张照片，后来他外孙女的那张照片上了画报，这是他和曲么爱的见证。

  我实在拒绝不了乡亲们的好意，只好把这只野山鸡收下，乡亲们为这只野山鸡专门做了一个笼子，还派专人把我送到金沙江边，一直等我的车到了后，还在越野车的后备厢里给野山鸡放了一些食物和水。两天后，离成都只有五十公里了，我给朋友杨路

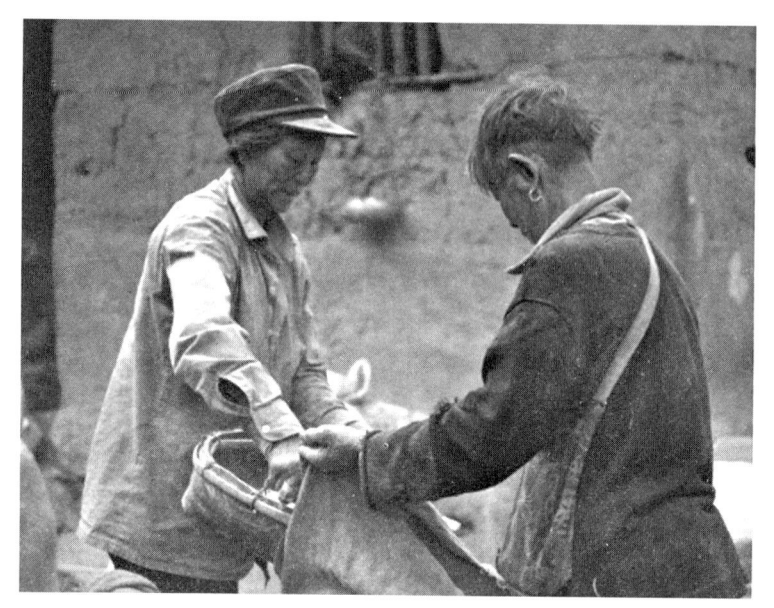

吉保拉伍和曲么里公 2005 年劳动时的合影

打了电话，说康复村的全体人民感谢他送的月饼和巧克力糖，托我送给他一只美丽的野山鸡，他放下电话后，就赶到高速公路口，见到我时非常兴奋，我把野山鸡转送给了他，那几天，他和他的夫人都为有美丽的野山鸡而高兴。又过了一周，我接到杨路的电话，他说他同爱人商量后，把野山鸡送到了动物园。几年以后，我才知道它叫"白腹锦鸡"，是国家二级保护动物，只有在动物园，才会让更多的人感受到它的美丽。

这十几年来，我又去过很多次康复村，总想再见到那美丽的野山鸡，但每次都很失望。如今，我只有在照片和记忆中，回顾它那美丽的姿态。

星芳桥与星芳校

2018年6月的一天,我在《灵璧记忆》中看到了一篇文章,开头是这样写的:"在灵璧县游集镇张楼村的老一辈人中,只要提起他们的老姑奶奶张星芳,大家都会肃然起敬,无不为拥有一位慷慨捐建石桥,便利乡亲,捐资建校,广育人才的巾帼楷模而感到骄傲和自豪。"

这位张星芳就是我的外婆,母亲很少讲外婆的事,直到2017年母亲去世前,我都不知道外婆有这样的光辉历史。看了这篇文章后,我马上通过安徽省灵璧县的政协,与张楼村的村主任取得了联系,告诉他近日要去看外婆修建的三孔石桥,村主任转告了村里姓张的亲友。当我的飞机降落在徐州观音机场时,亲友们已经在机场等候了。我到了张楼村,一眼就看见村口用红布拉的横幅,他们以这种方式来欢迎张星芳的后人。站在三孔石桥上,我打量着这个近一百年的石桥,桥修得很结实,至今还能过二十吨的货车。

张楼村村民向我介绍,1921年,村里为从根本上解决"麦收一季粮,秋天水漫庄"的水患灾害,由乡贤张积堂倡导,从刘南塘庄西头的运料河西岸向西南方向开挖一条支渠,经东张楼穿庄而过。支渠挖好后,困扰张楼的水患问题解决了,但把东张楼庄隔为河南、河北两个小村庄,给百姓的出行带来极大不便,如下湖劳动和赶集只能靠小舢板摆渡通行，畅通南北的驿道也从此中断。东张楼的百姓强烈要求解决出行难的问题，无奈当时社会动荡，百姓无力承担昂贵的修桥费用，只能望河兴叹。

就在大家为修桥之事一筹莫展之际，1924年秋，张星芳回娘家探亲，听说此事后，悄悄地来到河边进行察看，河面宽约二十米，水深坡陡，况且当时正值秋汛，水流湍急，修桥绝非易事。待省亲回到南京后，她把为老家建桥事宜向爱人陆福廷和盘托出，陆福廷当时是黄埔军校第一期的主任教官，他听后也觉得这是为家乡父老做的一件很有意义的善事，是大爱之举，当即决定全力支持，并将建桥之事交由张星芳全权处理，做出预算，敦促尽快施工。

当年冬天，张星芳带着爱人的郑重承诺回到东张楼，把修桥事宜向乡亲们说明之后，就立即开工。历经三个多月，三孔石桥落成。竣工那天，锣鼓喧天，鞭炮齐鸣，人们自发地从家中拿来红洋布扎成绣球，从桥北头一直挂到桥南头以示庆贺。

三孔石桥建成后，张星芳和陆福廷觉得应该再建一所学堂，让家乡的子孙后代读书识字。主意打定后，两人亲自来到张楼村实地考察，在征得乡亲们的同意后把桥北头路东的十亩地购置了下来，建了七间带有走廊抱柱的教室。退休教师张贤孝老先生回忆说，学校教室相当漂亮，房梁全部用的是对口粗、笔直的楠木，屋面用茼草缮顶，在当时来说是一流的建筑了。他启蒙的小学就是这所学校，学生上学不用缴任何学费。为了解决学校的办公经费和教师的生活待遇问题，张星芳夫妇又购置了百亩经过县政府批准免除税赋的公益用地，所有收入归学校管理和使用。

我站在学校旧址，这里早已变成了公路和住房，我不断地听

2018年10月，张楼村星芳桥

着当地老一辈人的介绍，心里五味杂陈，母亲教了五十年的书，自己也做了四十年教育工作，怎么现在自己小孙女马上要上幼儿园，一年还要交五万块钱学费？相当于我爱人一年的收入，想到这里，心里有些发酸，但我努力控制着自己，不让张楼村村民看出我的思绪。

虽然张星芳和她夫君在学校和桥修建好后，从此就再也没回过家乡，1957年张星芳病逝在苏州，陆福廷1960年病逝在台北，但张楼村的村民都记得他们，并把三孔石桥命名为"星芳桥"，把学堂命名为"星芳校"，并立慈善功德碑以示纪念。告别时，我拍下了功德碑的照片。

2020年5月写于成都

退休后的吉嘎老师

吉嘎老师在退休前，最大的愿望是来一次成都。2005年，他坐了两天的长途汽车专程到成都，找到了我的家，为我献上了一条洁白的哈达，还有一包虫草。我说："哈达我收下了，这虫草太贵重了，我不能收。"吉嘎老师竟然急了："这虫草不是我买的，是我亲自进山里给你挖的，你一定要收下。"听吉嘎老师说完，我也懂得他话里的真诚，我告诉他我收下这份礼物，心里暗自决定用其他的办法来回报他。和吉嘎老师聊天中我知道，他退休后一个人在康定北郊的山坡上买了两间房，他还说以后去康定就可以住他家里。我问他以后有什么打算，他告诉我他想做一本木雅藏语方言与文化词典，我明白他这次来成都一是想看看我，二是想得到我的支持。我告诉他这是非常有意义的事情，我不但支持他，而且愿意和他一起完成这件事。当时我正在四川省语委办公室任主任，我的直觉告诉自己，这将是一项非常伟大的"工程"。

木雅，是个古老的名称，无论是在吐蕃历史中，还是在《格萨尔史诗》中，它都占据着十分重要的地位。今天，它既是一个古老部落的称谓，又是一个地域名称。在历史上，"多康六岗"中的木雅热岗就是指木雅地区，即现今的青海、甘南、川西北、甘孜地区和昌都地区以及云南的迪庆地区。这一地区内居住的藏族，被称之为"木雅娃"。木雅藏族的来历至今是一个谜，但学术界普遍认为是古代党项人与本地土著先民融合繁衍的后裔。在19世纪末20世纪初期，一些英美学者提出了木雅藏族是"西夏遗民"的重要观点。后来，中国的一些学者又进一步深入木雅地区进行专门的调查和研究，他们认为，木雅是西夏灭亡后，由一部分西夏王族南下建立的新邦，还有一部分西夏人南徙四川、西藏等地区。国内外学者们认为，今天四川康定的木雅人与西夏有密切关系，他们可能就是西夏党项人的后裔。因此对木雅族语言、文化的传承就有着特殊的意义。

在调研中，我们发现，随着时代的发展，国家在全国范围内大力推广普通话，越来越多木雅地区的年轻人对木雅方言的使用频率逐渐变低，这种现象为我们传承和保护木雅方言的工作增加了不少难度。这十几年的时间里，我和吉嘎老师几乎跑遍了整个木雅方言覆盖地区，拿着录音笔，家家户户走访，有时为了收集一个单词，要跑几十公里的山路。在走访收集过程中，虽然我对藏语和木雅语的语言和文字一窍不通，但我在收集中也了解了木雅的一些文化、风俗，一路上还可以拍摄到很多让人激动的照片。

一次，在收集木雅方言的过程中，我们来到了一个高原的海子，这个海子位于海拔四千七百多米的山间，人迹罕至。这个海子是吉嘎老师翻山运送课本的途中发现的，吉嘎老师说了好几次这个地方很美，傍晚的时候，贡嘎山的全景会倒映在海子里，但这里海拔太高，并且全是上坡，骑马要走三个多小时，如果等到

贡嘎山下的吉嘎老师

拍完晚霞再往回走,就会走几个小时的夜路,十分危险。上午九点,我们出发前往海子,途中会经过两户人家,两户人家的主人和吉嘎老师都相熟,年龄也与吉嘎老师相仿,而且他们都讲木雅语。我们在主人家里喝着酥油茶,吉嘎老师用木雅方言和他们进行交流,我则在一旁用录音笔记录着他们的对话。他们的声音时高时低,语调时长时短,我完全听不懂,只觉得他们说话好像在诵经,又好像在唱歌一样,悠长优美。

时间过得很快,下午三点我们告别了他们,开始往海子出发。两小时后我们来到了海子边。我第一眼见到这个海子时,就感受到了它的神奇。这样一个四周光秃秃的地方,竟然藏着如此美丽的小湖。湖水清澈见底,贡嘎群峰的倒影完整地呈现在水里,就像神仙手里的一面镜子流落人间。一阵微风拂过，水里的贡嘎山就随着波纹摇曳起来，呈现出海市蜃楼般的美景，让人分不出天上人间。那是2009年的10月，吉嘎老师说，我应该是第一个到达这片海子的摄影家。吉嘎老师告诉我，这片海子名叫"冷嘎措"，是木雅语。其中"冷"指两个，"嘎"就是山，"措"就是湖的意思，连起来就是两座山间的湖。谁曾想到十年后，"冷嘎措"成了摄影爱好者和旅游者的天堂。

经过十余年的努力，木雅藏语文化方言词典的收集工作已经基本完成，我们一共收集到了五千多个单词。为了更好地在木雅地区传播木雅方言，让更多的人了解到木雅文化，我向吉嘎老师提议在每一个木雅语单词后面都同步标注上藏语、汉语、英语和国际音标。接下来我们对所有的木雅词语进行分类，在分类过程中，我们既参照了《汉语词典》，又结合了藏族人民的生活元素，按照词语属性我们把木雅词语一共分为了名词、动词、形容词、反义词四大类，其中名词类作为数量最多最大的种类，我们又根据藏族的文化、风俗等细分成了服装、食品、花鸟、畜牧、宗教等六十个小类别。

分类工作完成后，我看着桌面上木雅方言词典的初稿，很难想象这样一个繁复、系统的工程，竟然是一个退休藏族老教师花费了十五年的时间，一音一字、一笔一画，反复调研、多方搜集、逐字分析整理完成的。我和吉嘎老师经过讨论，最终确定把这本词典命名为《木雅藏语方言与文化词典》。

词典即将出版，吉嘎老师找到我，他想把这本词典的作者署上我们两个人的名字。他一直记得三十多年前，我们第一次见面时我说给他的一句话："只要是你发自内心做的事情，党和政府不会忘记你的。"这句话我早都忘记了，吉嘎老师却把这句话当成了他的座右铭，一直用这句话激励自己，他说很多时候他感觉自己坚持不下去了，正是这句话支撑他走到现在。我了解他的用心，也懂得他的感恩，我说："这本词典是你的心血，我只是协助你做了一点小事而已，不用把我的名字署上。"听我说完，吉嘎老师情绪有点失落，我马上说我愿意为这本词典撰写前言。吉嘎老师知道劝说不了我，就勉强同意了。

在现如今这个日益物质化的社会中，人们渐渐变得现实起来，似乎每一个人都在不断地追求名利，有多少人是为了名、利二字而每天奔波劳累着。而吉嘎老师却一直过着淡泊名利，朴素清淡的生活，他的这一举动更是让人感受到了他的伟大。吉嘎老师那种淳朴、高贵的品质将会一直印在我的心中。

2019 年 10 月

望远镜

1975年,我参加了第三届全军运动会,回到成都军区后,体工队安排田径队的运动员下部队锻炼三个月,我被分配到了省军区第十一团三营九连当战士。我们的团部在成都市的郊区三瓦窑,当体育兵的我正好遇上了团里的大比武,连队的战友们听说我是体工队的运动员,都想让我在这次大比武中为连里争光,我说我对射击不熟练,跑得倒是挺快,但又对障碍跑不熟悉,没有把握取得好名次。最后根据自身情况,我报名参加了投手榴弹的项目。我在体工队十项全能的项目中,有标枪、铁饼、铅球三个投掷类项目,有时为了提高成绩,也会用训练专用手榴弹进行辅助练习。一般训练都用700克的手榴弹,而团部比赛是用的是500克手榴弹。比赛当日,我投出了74.6米的好成绩,获得了这个比赛项目的第一名,同时也打破了全团68.2米的比赛纪录。部队不仅为我颁发了奖状,还奖励我了一台军用望远镜,当时望远镜只有营长才有资格配备。

一个月后全团进行了为期二十天的拉练,每天都要走四十多公里,还要翻山,但我一直把望远镜带在身边。三个月后回到体工队,篮球、排球、足球的运动员们看到我的望远镜,都十分羡慕。

20世纪80年代，我只要上高原，有两样必带的东西，一是照相机，另一个就是望远镜。我的照相机从最初国产的海鸥牌更换到了日本的美能达单反相机，几年后又换成了尼康F3相机，但那台望远镜却一直没有换过。

望远镜

1983年5月，我因出差再次来到康定，公事任务完成后，我告诉军分区的领导，想去贡嘎山进行调研。分区领导为我提供了方便，用车把我送到了贡嘎山附近的六巴乡（现今为贡嘎山乡），我在那里休息一晚后，第二天就见到了格勒。三年未见，我们像久别的老战友一样拥抱在一起，然后我把我随身携带的望远镜送给了他。当我把望远镜送给格勒时，他竟然像小孩一样兴奋地跳了起来，嘴里不断地说着："太珍贵了！"脸上也露出了不好意思的表情。我告诉他说，他长期在贡嘎山做向导，他比我更需要这台望远镜。格勒一边拿着望远镜向远山望，一边对我说，要是1957年有这么一台望远镜，他就可以通过镜头去了解海拔五千米以上的雪崩槽的变化，分析出哪个时间段容易发生雪崩，也就可以避免很多事故发生。

后来几天我就跟着格勒开始了我们的贡嘎山之旅。格勒知道在城市里很少骑马，专门为我准备了一匹温顺听话的好马，另外为了保障我们这次贡嘎之旅，还安排了一匹驮行李的马。一路上我们俩骑着马，一边看着风景，一边听格勒介绍当地的自然风光和当地的风土人情。格勒不愧是一名优秀的向导，他知道我们走过的每一条沟通向什么地方，也知道什么地方会有野生动物出没。他介绍说，当地居民大多为藏族，当地人都说木雅方言，信奉白教，每年藏历六月七日至二十四日都要在贡嘎山山脚下的贡嘎寺里举行朝拜神山的盛大经会。我第一次靠近贡嘎山，格勒就让我了解到了这座山的伟大。贡嘎山是横断山脉的主峰，海拔在七千五百米，地处四川西部，在康定、泸定、石棉和九龙等县之间的高原上，西面是雅砻江，东面为大渡河，南北有两百千米，东西宽约一百千米，主峰周围有二十余座六千米左右的高峰。在藏语中，"贡"为"至高无上"，"嘎"为"洁白无瑕"。贡嘎山又是藏、汉、彝三族分界线，山的东面是摩西区，主要居住人群为汉彝两族；山的西面是木雅区，主要居住人群为藏族。格勒说这段话时，就像一位有着丰富经验的长老，时隔三十年，我都还记忆犹新。

  从六巴乡到贡嘎寺，骑马需要整整两天时间，途经三个村寨，分别是上木居、下木居、姊妹村。在途中，我看到周围的土地都是光秃秃的，于是好奇地询问格勒是否是受到了海拔的影响。他解释说，贡嘎山以东地区为山地平原，地形较为平坦，气候湿润，因此在贡嘎山东坡三千五百米的海拔上，还生长着原始森林；但在反过来的西坡，因为靠近青藏高原的起始点，地势较高，气候干燥，降雨量少，树木几乎都没法生长，而我们现在所在高度为三千七百米，当然就看不到树木了。听完格勒的解释，我暗自惊讶格勒居然比我一个城里的人懂得都多。后来我亲眼看见他在三千八百米的野外用火镰石生火，不到半小时，就让我们吃上了土豆面皮，这样的求生技能，让我对格勒佩服得五体投地。

我和格勒到达姊妹村已是下午六点，我们决定在村里暂时休息一晚，明天一大早就出发去拍照。那个时候的姊妹村只有几户人家，格勒对这个村子的情况了如指掌，哪家有几口人，或者是有几头羊，他都知道得清清楚楚。因为这个村庄进出十分不便，格勒每次经过姊妹村都会把一些生活必需品带给村民。这时我才恍然大悟，原来我们一路上驮行李的马匹，上面有一半的物资都是运送给这里的村民的。我们还没进村，就有两条大狗冲出来迎接格勒，仿佛是欢迎多年不见的朋友回家一样。姊妹村位于海拔三千米左右的高原上，村庄里的石头房屋被几株盘虬如龙的百年老树包围着，茂盛的树干、一尘不染的树叶以及房屋前的围栏都在夕阳余晖的照耀下，让姊妹村显得更加梦幻。看到如此美景，我被深深地吸引住了，不由自主地拿起胸前的照相机，按动快门，记录下当时的美景。

晚饭后我看见格勒拿着望远镜在院坝看月亮，他说他看见了月亮上面的环形山。第二天出发前，天还没亮，我又看见格勒拿出望远镜在看月亮。他太喜欢这个望远镜了，一路上他都在用望远镜看月亮，直看到月亮把天空让给了太阳。三个小时后，我们到达了贡嘎寺，贡嘎寺是看贡嘎山最近的地方。这时格勒让我用望远镜看他用手指的位置，他告诉那里就是1957年中国登山队的运动员们在骆驼背六千六百米处搭建的6号营地。当时的登山运动员就是从骆驼背的冰坡上登山的。说到这里，格勒陷入了深深的回忆中。1957年，国家登山队突击贡嘎山以前，组织了三次实地锻炼和适应性行军，当时分别在海拔三千七百米、四千七百米、五千四百米、在六千六百米设立了高山营地。当年格勒和几位藏族伙伴把队伍所需物资从三千七百米的大本营，运到四千七百的第二高山营地，再把这批物资背到了五千四百米的高度。这段路十分危险，有时要通过一边是雪檐，另一边是万丈绝壁的冰崖，有时又要通过隐藏着冰裂缝的冰瀑区，再加上冰雪深及腰际，格勒一人背着四十公斤重的食品和装备，行动十分困难，每前进一步，都隐藏着未知的危险。在五千二百米的高度，曾有四名队员失足从一百米高的冰坡上滚落，其中一名是北京大学气象专业的助教丁行友，他被生生埋在了两米深的雪堆里。当格勒从雪堆里挖出丁行友时，他已经停止了呼吸。这次事故损失了一名登山队员，而且还在坠落过程中损失了部分装备和电影机，其中就包括一台他最喜欢的望远镜。格勒对损失望远镜非常痛惜，后来的几年曾多次去过丁行友出事的地方，想重新找回望远镜，但每次都失望而归。

  告别的时候，我把我的这台望远镜送给了格勒，他拿着望远镜就像小孩子一样兴奋，但脸上也露出了一丝不安，因为他知道这也是我的宝贝。此后，这台望远镜再也没有离开过他。他带着望远镜给日本、英国、德国的登山家们当向导，还给不少摄影、测绘专家和驴友带过路，他们都从这台望远镜里看过贡嘎山。后来他女儿告诉我，在他去世的时候，他要求把望远镜放在身边。看到父亲如此珍视这台望远镜，女儿就将这台望远镜与父亲合葬在一起，而他的坟墓正面向着贡嘎山。

2015年6月

伟木村的笑脸

2020年春节前的一周，《四川日报》的朋友王云和尹钢约我回阿布洛哈村，他们说从布拖县到阿布洛哈村的路通了，全是柏油路，开车只需要两小时。

当天一大早我们就从布拖县出发，陪同的是县委宣传部的尔以副部长，尔以开始并不知道我会和他一起去，所以当他上车时一看到我，又惊又喜又激动。我们俩是旧识，十二年前在布拖县当记者的他同我一起去过阿布洛哈村，我们一起走过悬崖路，一起在学校睡过地铺。这次的重逢，老友相见回忆起往事分外亲切。他说我没有什么变化，就是头发白了一些，我告诉他，这十余年来我经常来布拖，也去了很多次阿布洛哈村，却不巧都没遇见他，这次再见到他，知道他进步了，真的替他高兴。他问我是不是退休了，我回答他，这是我退休之后第二次回阿布洛哈村，也是这二十余次去阿布洛哈村最轻松的一次。

政府为了改变阿布洛哈村道路交通不便的问题，斥巨资拨款打通了伟木村通往阿布洛哈村3.8公里的悬崖路，半个月之前中央电视台的新闻频道还直播报道了全国最后一个村通车的情况，从此以后，阿布洛哈村的村民进出村子再也不用走悬崖路了。

今日的伟木村

车子出了布拖县后，我一个劲儿地向尔以部长打听伟木村孩子们上学的情况，尔以部长说自从道路通了，伟木村的孩子都集中到了拉果乡的中心校上学，学校大规模扩建，新修了两百多名学生的教学用房和宿舍，这样伟木村的孩子就都可以住校，再也不用每天走三个小时的山路上学了。那些曾经因为没有户口而不能上学的孩子们已经开始走进学校，享受着早就应该属于他们的教育。

为了赶时间，加上学校已经放寒假了，所以车子路过拉果乡中心校时，我们没有停车，但我仿佛听到了孩子们的读书声和欢笑声从教学楼传出，那些刚新建不久的教学楼、学生宿舍和食堂在朝阳的照耀下呈现出别样的生机。尔以部长看出我兴奋的心情，他接着说，如今的伟木村，每家每户都在盖新房，一会儿大家就能看到家家户户建好的新房子。

我们的车走走停停，我想找到六年前在伟木村走进我镜头的那些村民和孩子们，出发前我专门为他们打印了照片，希望把这些照片交到他们手里。

还不到六年，伟木村的变化很大，很多路我都不认识了。第一批修建的搬迁房已经完工，一条崭新的公路直接通到一排整齐的楼房前。每一户都有入户的院坝，楼上还有一个十多平方米的大露台，让人羡慕。

当我们抵达伟木村看到当地乡亲们时，我发现他们露出的笑脸是那样自然，那种笑容是发自内心的，和几年前他们愁苦的表情形成了鲜明的对比。有位乡亲告诉我，这几年做梦都在笑，他还邀请我去他家喝茶，还要送我腊肉。他说就是因为我上次来了，给村里没上学和超生的孩子们拍了照后，没户口的孩子们很快都上户了，而且到了学龄的孩子都上了学。他们都认为这是我给他们带来的福分。

六年前，伟木村超生孩子的问题很突出，全村一千六百余人，零至三岁的孩子就有九十多个没上户口，最多的一家生了八个孩子。这些年，这些孩子不仅要面临没学上的问题，而且越到以后面临的问题就越多。我当时给他们每一个都拍了照，一次次按下快门时，我既心痛又无奈，只有亲身经历过那些场面才会有这么深的感受。

随后我又去了昭觉、美姑的一些边远山谷，发现也有类似的情况。回到成都后心里一直很堵，因为这件事在当时是个很敏感的问题，如果把真实情况向上反映，自己会冒些风险，但经过一段时间考虑，最后我决定以一位省政协委员的身份给省委主要领导写一封信，并附上所拍摄的影像资料。很快，得到了省委领导的批示，批示中的最后一句是：感谢林强同志。这不仅让我看到了这群孩子的希望，也感受到了省委对这群孩子的关怀。

很快，有关部门开始摸情况，搞调查，后来又采取相应的措施。两年后，凉山那些超生户口问题得到了解决，据说这个数字不小，官方说有十八万人，民间说有二十余万。这真正体现了扶贫攻坚深入到了每个边远山村的每户人家。

有一位乡亲准备把我到来的消息告诉村主任，我阻止了他，说这次只是路过，下次一定来吃饭。告别前，我把洗好的照片交给了他，拜托他转交给每张照片上的主人。

挥手告别后，那位乡亲的笑容在车子的反光镜中渐渐远去。

2020 年 1 月写于成都

我记住了他们

穿过希夏邦马群峰,就进入喜马拉雅山脉的南坡聂拉木县城,县城到樟木口岸只有三十余公里路程。海拔高度要从三千多米降到几百米,在这两千多米的落差中,虽然公路比刚修好时增加了三分之一的宽度,但汽车仍只能是在险如剃刀的公路上移动,一面是深达百丈的峡谷和冰河,一面是从云里垂下的山崖。凹凸不平的碎石路面,弯多而急,不少地方只能勉强容一辆车通行。一年中有一半以上时间是雨雾天,再加上百米高崖呼啸而下的飞石,真是命悬一线般惊心动魄。

我们的越野车走这段路程花了两个多小时。在这两个小时里,我没有说一句话,一直在沉思着,回想起肖官禄司机给我讲述的那段故事。

肖官禄是我们车队一位十分称职的司机,有四十多年的驾龄,安全行驶达一百多万公里。他是成都人,1961年和他的战友刘官明、向方华一起当上了汽车兵。1962年,国家为了打通西藏到尼泊尔的通道,调了一个团的工程兵聚集聂拉木一线,要在山崖和绝壁上凿出一条公路来,肖官禄所在的部队担任了给养和后勤保障的运输任务。两年后毛路基本完成,但不少地方都是用圆木架的栈道，还有许多地方只有一辆解放牌汽车通行的宽度，如果车停下，后面的人要到前面去，从车旁根本无法通过，只有从靠山的一面爬坡或从车顶上翻过。肖官禄所在连队每天早上，把物资运到樟木镇，晚上再返回聂拉木县。走在最前面的车一般都是班长和老兵，驾驶技术特好，后面的车都会丝毫不差地按他车轮轨迹行驶，有好几处由于路太窄，汽车的半只轮子甚至会悬在空中，肖官禄和他的战友就是这样一次次经受住了考验。1964年8月的一个早上，天下着雨，肖官禄和战友们依旧从县城出发，执行着运输任务，经过三个小时的艰难行驶，到达樟木镇后，突然发现少了两辆车，他们耐心等待着，一小时过去了，两小时过去了，四小时过去了，仍不见这两辆车回来。"出事了！"不祥的预感涌上心头。当肖官禄和战友们下到百米山崖后，看见了面目全非的两辆车，刘官明与向方华也不幸遇难了。肖官禄和战友们怀着悲痛的心情，含着泪送走了这两位战友，又驱车上路了。

  我到西藏前，肖官禄不止一次告诉我："遇难的两位战友是成都人，人也长得精神，而且很聪明，出事时刚满二十岁，如果他们还活着，肯定比我有出息。如果你能到樟木，一定去看看那个地方。"

  事过四十多年后，我经过这段路时，看见在这条路上行驶着一辆又一辆来自尼泊尔和印度的通关货车，看见那一群群面带微笑进出关的中外游客，看见樟木镇与山连成一体的现代化房屋，我更加怀念四十年前修路的无名英雄和遇难战友。我怀着沉重的心情，按肖官禄说的地点，找到了那两位同志遇难处：那里没有

行走记忆　　235

墓碑，仍是万丈深渊和哗哗的流水。我下车后，对着峡谷向这两位烈士深深地鞠躬，然后又代肖官禄向他们敬了标准的中国军礼。

2002年5月写于樟木口岸

今日樟木

我心中最美丽的体育场

每一所学校里都有许多设施，这些设施中都少不了会有占学校较大面积的体育场。因为体育设施不仅是进行体育教学和学生体育锻炼的重要基础，而且它的规模大小、质量高低直接体现学校的硬件实力，同时也展示着学校的办学水平。

随着我国经济的发展和教育主管部门的要求，近十年来学校体育设施发生了很大的变化。二十年前，我到四川省教委体育卫生艺术处做的第一件事，就是对全省（包括现在重庆市）学校体育场地设施的普查，当时全省近十万所中小学，有一千八百多万中小学生，学生的平均体育活动面积为1.27平方米。全省中小学标准四百米跑道田径场仅有四个，而其中两个建于20世纪30年代。

二十年后，四川省教育厅2005年统计数据中显示，小学生平均体育活动面积提高到4.39平方米，中学生提高到4.72平方米，全省中小学四百米跑道田径场已超过三百个，而半数以上是塑胶跑道和草坪球场，个别学校不仅有两个四百米跑道田径场，而且还新盖了球类馆和游泳馆。学校为这些体育场馆配套辅助设施，购买各种设备和器材，尽力使这些体育场馆和设施更加完美，更加符合国家标准。这些变化是惊人的。我难以计算出建设这些体育设施所用去的资金和占用的土地。但我每年却会把这些变化和成绩欣喜地写进总结报告里。

去年，由于工作调整，我暂别学校体育管理工作。在即将离开休卫艺处那段日子里，我做的最后一件事就是整理2005年四川省学生体质健康调查报告，当我把2005年学生体质健康状况调查情况与1995年结果相比时，我难以相信我所看到的数据！学生肺活量和耐力再一次下降！十年前四川省政府根据1995年学生肺活量和耐力项目成绩普遍下降情况，专门对各级政府下发了川办发〔1996〕127号《关于加强学校体育卫生工作提高学生体质健康水平的意见的通知》，这文件是我起草的，我找出了十年前的文件，文件里很重要的一条就是：要求各级政府要从战略高度关心青少年的健康水平，重视学校体育卫生工作，进一步改善

快乐体育

学校体育卫生环境和设施，进一步减轻学生课业负担，确保学生每天一小时体育锻炼时间。十年过去了，学校教育得到很大发展，学校体育教学也不断进行改革，学生体育活动场地和设施有了突破性改善。没想到学生肺活量和耐力下降指标却大大超过了十年前的结果。2005年与1995年学生机能指标中肺活量相比，城市男、女生分别降低312毫升、347毫升，农村男、女生则分别平均降低290毫升、324毫升；女生降幅超过男生。其中，城市20岁女生平均降幅1130毫升；13岁以上男、女生分别测试了1000米、800米跑，成绩表明：城男生、城女生、乡男生、乡女生，分别下降26.30秒、16.80秒、27.53秒、24.60秒，其中以13岁、14岁降幅最多、幅度最大，令人担忧。报告数据还显示，肥胖学生增多，学生视力不良率仍居高不下！

我反复琢磨那一个个刺眼的数据，不知不觉地在办公室里自闭了好几个小时。近些年，我到学校看见一个个新建的体育设施就兴奋，对我国教育事业充满一种成就感。但我审视了上述数据后，再走进学校，接触到那些一个个宽阔而又现代化的场馆，看见那些场馆的名字取得那样豪迈，那样有文化气息，那样充满着运动味，可那些应该挤满同学活动的场馆里只留下寥寥无几锻炼的学生时，心里真是说不出的辛酸！过去那种冒着小雨在泥泞中踢球，滑倒又爬起来，爬起来一会儿又滑倒，一个个脸上沾满汗泥，却充满着自信和顽强拼搏的学生已经很难见到了；那些在下课前为抢占乒乓台，先迈出一条腿，扭曲着自己的身体，做好预备姿势，等待下课铃声一响就立刻冲刺出去的学生已经很少见了。难怪有一

大山里的"体育场"

位体育老师告诉我,现在的体育课不好上了,当今学生一谈起世界杯,说起NBA比老师知道还多。老师们想在体育课上提高学生身体素质,但学校却强调学生的安全。现在学校第一位是学生安全,第二位是教学质量。因此现在上体育课得从学生安全出发。

当我耳闻目睹到这些既熟悉又陌生的体育工作时，对前方的路感到迷茫。也许是我在这路上走得太久，路已经变得模糊。我努力寻找那条正确的路，但路的确很多，要去找到自己认为正确的路却不易，然而一旦找到了认为正确的方向，路会变得艰难坎坷。我刚去过这些学校，体育设施异常简陋，但却洋溢着一片真情，没有虚伪和矫揉造作。那是我二十年从事学校体育工作所见到的最美的返璞归真的体育场。我把这组拍摄的照片献给《中国学校体育》杂志的读者，作为我暂别之际，对学校体育工作的一点思考。

发表于《中国学校体育》2006年第九期

我与阿聪尔聪

几年来，我也记不清多少次走进"麻风村"，每次去都要在村里住上几天，每当我同村民接触和交往时，就会感受一种召唤，这种感受来自村民坚韧、忠厚、真实的品格和对美好的向往。时间长了，他们接受了我，于是我与他们许多人都成为朋友，阿聪尔聪就是其中一个。

阿聪尔聪因患麻风病1967年进入村里，现已六十五岁，几十年来一直没有结婚，过着独居的生活。虽然他的双手变形、身体扭曲、听力减退，但每次我进村时，他都会在进村的路边举着那双变形的双手欢迎我，用那不完整的手掌和残缺的手指碰撞出声音，那声音和拍掌的动作通过阿聪尔聪肌体浸入血管，涌进心脏，这是我听到的最美的掌声。他告诉我，虽然只有茅屋一间，自留地一块，但能活到现在，已经很满足了。他舅舅在1948年得了麻风病，当时全村人都认为他是"风吹来的魔鬼"，唯恐避之不及，整个村里人都讨厌他，后来全村人凑钱杀了头牛，让舅舅吃了三天，三天后村里人就用那牛皮把舅舅缝了进去，抬进山里给活埋了。

我第一次见阿聪尔聪老人时，在他的住房前给他拍了一张照片，这是他有生以来第一次照相。他上身光着，七条肋骨在扭曲身体上显得格外刺眼，他的目光深邃，表情凝重。当我走进他还不到八平方米的茅屋时，我一切都明白了：家里什么都没有，没有床，四十年一直睡在地上，家里唯一值钱的是一个用了二十年的饭锅、一个水桶、一袋玉米、二十斤土豆和一件冬天穿的棉衣。当我离开村的我把自己带的备用衣服、手电筒都送给了他，从那以后就和他交上了朋友。

两个月后，我又来到他的门前，把放大后的照片给他看，他睁大双眼，长时间望着属于自己但又不熟悉的面孔。村主任告诉我，自从见了我以后，他的精神好多了，现在走山路能扛三四十斤的东西。学校建好后，他每天都要去学校，就坐在学校外面大石头上，听着学校里传出来的读书声，望着教室里的孩子们。乡亲们说他每天都这样，长时间坐在这块石头上，也不知他在想什么，学生放学了，他也就回家了。他告诉我自从见了我以后，最近还常做梦，梦见有了新房和儿子。我问村主任，盖十平方米住房要用多少工，用多少钱，费用我可以承担。

又过了三个月，当我又一次走进乌依乡时，我出钱修建的阿聪尔聪老人的新房子已盖好了。他的笑容也渐渐地多了起来，我说"房子盖好了，下一步就给你找一个老伴怎么样？"他不好意思，脸上笑得是那样开心："不找了，不找了，我老了。"阿聪尔聪让我进他的新房子，高兴地说"这房刮风下雨都不怕了，谢谢你。"我看他把自留地全部种上了烟叶，还养了一头猪，猪长得也非常好，又能吃又能睡。我看见他给我介绍新房子时的高兴劲儿，于是在他建好的新房前为他拍下了第三张照片。当我离开阿聪尔聪的家，渐渐远去的时候，他好像突然想起了什么似的，从屋里追出来，拿着手电筒比画着，我突然明白他的意思，应是电池用完了，或者是灯泡坏了。我记着了，下一次一定把他需要的东西带来。

我一次次从麻风村回到城市，每次回到城里几天后，脑子里还是会反复浮现村民们一幅幅画面，特别是与阿聪尔聪交往的情景是那样深，事情就如发生在眼前。开始这种现象少一些，时间长了就愈来愈强烈，后来脑子里几乎全是麻风村。我调整自己的状态，但效果不太好，去看医生，医生叫我多运动，多旅行，我知道这不是解决问题的根本办法，最好的办法是再一次出现在他们中间。

2007年4月，我再一次回到了麻风村，走在这条由我出资加宽的康复路上，心里是无比兴奋，有一种成就感。老远就看见村民和学生迎接我的队伍，欢迎声在山间久久回荡。这次他们把迎接我们的位置提前很多，我顾不上腿脚的支撑带来的困难，忍着痛加快下山速度。

到了村里我问村主任，阿聪尔聪为什么没有来，村主任没有回答我，好似没有听见一样，我又追问了一遍，这时旁边一位乡亲告诉我，阿聪尔聪老人死了。这时我叫了起来，喊道："阿聪尔聪怎么会死呢？是怎么回事，我们俩说好要见面的啊！"我的眼里不由自主涌出泪水。村主任告诉我，二十天前，阿聪尔聪夜里回家，那天正下着小雨，天很黑，他不小心掉下了悬崖，第二天发现时他已经死了。我听见这些话心里更难受，我出发前专门去商场为阿聪尔聪买了防水手电筒，带了许多灯泡和电池，还按他的尺码买了双解放鞋。我一个劲儿说，我来晚了，如果早点把手电筒、灯泡和电池带来，就不至于……村主任看出我的悲伤，安慰我说："阿聪尔聪虽然是孤寡老人，但他死后全村人为他送行，那天真热闹，村里还为他杀了牛。"

第二天，我在村主任和乡亲们的陪同下来到阿聪尔聪新屋前，我把电筒、电池、灯泡、鞋、照片放在门前，说道："阿聪尔聪，我来晚了，我把鞋给带来了，希望你穿上它在另外一个世界里走好，这把手电筒也会在漆黑地下给你照亮。"阿聪尔聪死了，他留下的是坚韧、忠厚、真实的品格和对美好的向往，他那种对险恶从容，对死亡的超然，永远刻在我心里。

2007年5月写于凉山

阿聪尔聪第一次看到自己的照片

我与大运会

今天突然读到新华社 3 月 29 日的消息，因新冠肺炎在全球流行，东京奥运会大概要推迟一年的时间，奥运会开幕式初步定在 2021 年 7 月 23 日。在奥运会的历史上，曾因战争被迫取消过赛事，但是还从未有过推迟的先例。战争的因素会让各组织方有所准备，但这次的疫情来得如此突然，让人猝不及防。2020 年东京奥运会由此成了现代奥林匹克运动会历史上首届延期举行的奥运会。

曾经是运动员的我，深知这次延期对日本的影响会有多大，而且对于参加奥运会的运动员来说，推迟举行赛事对他们的影响就更大。一名运动员的运动生涯并不会太长，为了在今夏达到最佳状态，参赛运动员会按今夏比赛时间训练。为了参加奥运会，每一位都备战多年，还有那些计划退役前最后一次参赛的运动员，那些原本计划在奥运会结束后就结婚生子的运动员，他们都将重新调整自己的运动生涯规划和人生计划。

对于中国而言，第三十一届世界大学生运动会原本计划明年 8 月在四川成都举行，举办时间与延期后的奥运会在同一个时间段上，也不知道世界大学生运动会是否会重新调整时间。另外，明年在陕西举行的全运会，按照全运会与奥运会错开一年的惯例，会不会也延期？

说起成都成功申办2021年第三十一届世界大学生夏季运动会与我还有些关系，是我为申办城市确定在成都牵了线。这事还要从2018年10月我去苏州参加中国大学生体育协会的年会说起。作为中国中学生体育协会副主席的我，刚到会场报到，教育部体协联合秘书处的领导就找到了我，因为中国大学生体育协会向成都市体育局发函，希望成都巾政府申办2021年世界大学生夏季运动会，但成都市没有回音。因此教育部的同志希望我出面与成都市政府进行沟通。

我听完此事觉得是一件好事，不但能够让成都市体育场馆有更多更好的建设，还能促进成都市经济文化的发展，提高成都市在国际上的影响力。回想2000年四川成都成功举办全国第六届大学生运动会，那次运动会让四川高校的体育场馆焕然一新。记得我在1992年起草那份申办报告时，成都市高校只有一个体育馆；八年后，因承办了那次运动会，成都市高校新建了二十三个运动场馆，后来各省代表团同志都说，四川高校体育场馆建设提前了十年。

当时的四川联合大学的运动场是田径项目的主赛场，参赛的学生运动员都要住在学生公寓。四川联合大学是由四川三所高校合并而成的，三所高校分别是：四川大学、成都科技大学、华西医科大学。四川大学和成都科技大学相邻，中间只隔着一条马路。马路两旁有许多私人住宅和好几家企业，学校合并后，为了方便管理，学校曾多次与这些户主和企业协商搬迁，都不成功，还造成了纠纷。由于这次运动会中，上千的学生运动员要入住学校，省市政府高度重视，给出了有利于这几家企业和住户的搬迁政策，

行走记忆 247

很快让这些商户住户成功搬迁，使运动会能成功举行。

因为我当时是大运会筹备办公室主任，所以见证了这一过程。当时罗强在共青团四川省委任副书记，同时兼任那届筹备委员会的宣传部部长，我们在一起共事三年，配合默契。事过二十年，罗强已是成都市市长了。

很快我跟罗强通了电话，汇报了教育部对成都申办第三十一届世界大学生运动会的希望，罗强马上表态，请教育部的同志近期来成都市调研商议。2018年11月12日，2021年世界大学生运动会教育部调研组一行五人来到成都，当天下午在成都市政府举行见面会，我作为牵线人参加了会议的全过程。

在会上，教育部学生体协联合秘书处秘书长、中国大学生体协主席薛彦青首先介绍了申办第三十一届大运会的背景和意义，教育部国际司徐永吉副司长介绍了本届大运会将有一百七十多个国家参赛，上万名运动员裁判员聚集成都，规模相当于小奥运会，同时徐司长还提到了承办本次大运会的国际影响。在场的罗强市长马上表态 成都市十分愿意申办第三十一届世界大学生运动会，并决定立即成立申办筹备组，将今天的决定报请四川省政府同意后再按规定报教育部。

一小时的会议令大家兴奋，在回酒店的汽车上，薛彦青主席向教育部汇报了见面会的情况，这一结果让教育部的领导们非常高兴。很快，教育部还专门派人来成都指导完成了中英文的申办报告。

2018年12月10日，成都市市长率队赴葡萄牙，陈述了成都市承办第三十一届世界大学生运动会的理由和决心。12月13日上午，国际大学生体育联合会与成都市中国大学生体育协会共同签署了成都市 2021 年第三十一届世界大学生夏季运动会举办权的意向协议，此协议的签署标志着成都市成功获得 2021 年第三十一届世界大学生夏季运动会的举办权。

世界大学生运动会的承办将会推动四川省成都市的体育场馆建设。成都市为迎接第三十一届世界大学生运动会，在龙泉驿区东安湖兴建了体育中心，中心占地约四十五万两千平方米，由一场三馆构成。四万多个座位的主体育场是第三十一届大运会的开、闭幕式的举办地，近两万个座位的多功能体育馆包含了小球馆、游泳跳水馆。这些场馆都将在 2021 年 4 月底之前完工。

世界大运会的运动员村选址在了成都大学，已于 2019 年 4 月 18 日正式启动建设。大运村新建项目共计三十七万四千万平方米，包括运动员的公寓、生活服务中心、医疗中心、行政保障中心、国际教育交流中心、体育馆、游泳馆、东盟艺术学院等八个项目，大幅度地提高了成都高校的硬件建设，这不仅拉动了成都市的经济发展，促进了国际间交流，同时也锻炼了我们的队伍。

今年 1 月初，在北京召开的大学生体协年会上，中国大学生体协主席薛彦青在大会上对成都市成功申办第三十一届大运会中我做的牵线与协调工作进行了表扬并表示感谢。我作为一个老运动员，又长期从事学校体育管理工作，能为家乡的体育发展出一点力，能目睹这些新建的体育设施服务于大家，让更多的人享受到体育带来的健康和快乐，是多么幸福的一件事！

2020 年 3 月 30 日

心中的天路

青藏高原被人类称为"世界屋脊"。由于它的高峻和险恶环境，在古老的年代，在常人眼里，这里与外界几乎无法沟通。其实，在险山恶水之间，自古以来，就绵延着一条条如丝一般细微的神秘古道，人们称这些道为"天路"。这路是地球上海拔最高、离天最近的路，是千百年来人脚踏出来和用生命之躯铺就而成的路。现在，虽然现代交通取代了古道，但这条路上仍聚集保持着中国最完整的自然生态和人文景观。这条路，仍然向外界宣示着中国人伟大的创业精神，顽强的忍耐力和无穷的智慧，仍然在增进民族间交往，仍然传播着文明。

五十年前，为了加快其他地区和西藏的交流，数万名进藏解放军和藏、汉族工人投入了修建川藏公路工程。在筑路过程中，以超人的意志、顽强的精神，用整整四年时间筑起一条长两千四百一十六公里，平均海拔三千六百米的川藏公路。为了这条路，曾有人献出了生命，他们中的许多人就长眠在这些大山大河之间，成了山与路的一部分。今天，踏上这条山路的人们，很难体会到当年筑路的艰辛，也不会特意去打听过去这里发生的故事，更是无法了解到他们的名字，但对于经历过这一段又一段险如剃刀的公路的所有人来说，无不对那些曾在这里做出奉献的无名英雄肃然起敬，并将这里的一草一木永驻在心中。

我曾许多次往返于这条道路，经历过山道、荒野，乘大车、小车、骑马、步行……度过多少个难忘的日日夜夜。每当我在这条道路上迎来一个个日出的时候，每当我同这些筑路工人接触和交往的时候，就会感受到一种召唤，那是一种和以往生活经验完全不同的情怀。他们的工作是单调的、周而复始的，但却是神圣的。他们一头拴着生活中的现实，另一头系着飘在天上的超然，使我在每一次与他们的对话接触中净化着自己。

前不久，我再次穿越这条道路后回到城市，这城市我住了十余年，城市里有着一条条平坦宽阔的道路。这些路的名字取得很

军车在业拉山九十九道拐行驶

历史、很方言、很有文化味，它们给我工作和生活提供许多方便。过去我在这条路上一直走得很轻松，而现在每天出门，踏上这些路却感到迷茫。也许是在这路上走得太久，路已经变得模糊，我尽力寻找那条自己的路，但路的确很多很多，要找自己理想的家却不容易，然而一旦找到了称之为家的地方，路会变得艰难，就如同我刚穿越的川藏公路。

我会在我选定的路上一次次接受考验，一次次渡过难关，通过这条路不断地培养自己对完美的追求、对险恶的从容和对死亡的超然。

2005 年 11 月 29 日发表于《教育导报》

修车老汉白师傅

1986年秋天,我搭货车去康定塔公草原公干,从康定出发就开始翻山,一座山连着一座山,刚下一座又上一座,车子永远都在盘山,一圈又一圈地绕。那时候,这条路还不平整,到处都坑坑洼洼,旁边随时有山石滚落。司机师傅浑身戒备,眼睛死死地盯着路面,手里紧紧地握着方向盘,就怕一不留神滑出山道或者被山石砸到。我坐在副驾驶上,也自动地闭上了嘴巴,跟他一起盯着山路。

过了一会儿,车子突然"咯噔"了一下,就听到师傅嘟囔了一句骂人的话,开了车门下去。师傅打开引擎盖埋头捣鼓了一会儿,上了车,扭过头对我说"车坏了",我心里一紧,这前不着村,后不着店的,周围除了山就是树,活物只有我们俩,这可怎么办?"走走看,现在勉强还能开。"师傅说完就打着了火,继续启程。就这样,走一段停一会儿,停一会儿走一段,走到半山间就再也走不动了。司机只好又下车当起修车师傅,我也跟着下了车,搭把手。只见师傅这里拧一拧,站着看一会儿;那里擦一擦,又寻思一阵儿,终于发现是坏了一个重要的零部件。车上并没有可更换的配件,我们只好站在路边拦车,希望能够找到人帮忙。还好,我们拦到一位下山的司机，托他帮忙去康定买一个新的零部件，然后再托人带上来。那时候人是质朴和单纯的，我们彼此不曾有一丝怀疑或顾虑，我们把钱给了他，他帮我们买配件还要托人带回来。下午五点，配件带到，我们又开始出发了。

到新都桥时，天已经漆黑，大地一片死寂，就像一头静候猎物的雄狮。司机告诉我："这么晚了不能前往塔公草原，那里人户稀少，晚上没有落脚的地方，而且野外随时有狼群出没，太危险了。"他建议我们在附近的下柏桑劳改农场住一晚，明天早上出发。路上，他跟我介绍："你就住在劳改农场，那里有一位修车师傅，人很好，特别朴实热情，他不会嫌你打扰的。"车到了农场，那位修车师傅果然非常热情地接待了我，原来他是司机的朋友，姓白，我唤他"白师傅"。我随白师傅来到了一间土棚房，房子十分简陋，除了一张床和一个木箱以外，没有其他东西。白师傅不怎么爱讲话，可从我进门他就忙前忙后帮我打点，十分热情。知道我还没来得及吃晚饭，立刻把火炉打开给我烧茶，想给我煮点酥油茶垫垫肚子。20世纪80年代的下柏桑农场没有通电，烧水煮饭全靠火炉。坐在火炉边，我从微弱的火光中看到了白师傅的脸：五十多岁的他脸上已经布满了皱纹，那一条条深深浅浅的皱纹透出了他的艰辛和沧桑，也传达出坚强和善良的信号。我暗暗想，这可能是一个有故事的男人。

慢慢熟悉了，交谈中我了解到白师傅是一位刑满释放的劳改犯。

白师傅曾是一位汽车修理工，和大多数年轻人一样喜欢车，也喜欢开车。20世纪80年代，汽车司机在青藏高原是相当金贵的职业，也最受女孩青睐，如同现在的女孩偏爱"高富帅"一样。白师傅也曾有一个美满的家庭，妻子也是当地出了名的美女。用白师傅自己的话说："那时候出门，别人都要多看我们几眼，都羡慕我们。"

白师傅

有时候命运似乎就是见不得人好，总是要制造一些磨难来考验人的韧性。就在白师傅春风得意的时候，他有一次偷着开车不小心出了车祸，轧死了人。那个年代汽车少，车祸也非常罕见，出了车祸是天大的事。白师傅被判了十二年，就到新都桥服刑。刑满出来，他已无家可归了。白师傅便在农场边开了个汽车修理铺，那时候川藏运输的大动脉川藏线还是一条碎石路，石头大、坑多，新都桥正好在刚刚翻过折多山的南北交叉路口，车辆很容易在这里出毛病。白师傅一不小心赶上最好的商机，但他从来没有想过发财。他修车收费便宜，技术好，对人又实在，司机们都和他成了好朋友。那时的川藏线，出了康定就基本上没有青菜吃，几分钱、一毛钱一斤的叶子菜和辣椒都是宝贝。司机们从康定过来，几乎每次都给他捎带点蔬菜和食品，他一个人也吃不了，就送给劳改农场或招待路人。这一来二去，白师傅在当地就有了好口碑，有了好名声，大家也都认识"修车师傅——白师傅"。

有一次，一位货车司机给车加水路过白师傅的修车铺，白师傅听见货车发动机声音不太正常，就跟司机说："你的车有问题，最好检查下看看。"那位货车司机是第一次跑川藏线，不认识白师傅，就以为白师傅是故意讹他的钱，再加上当时已经下午四点了，司机想在天黑前多赶点路，就执意把车开走了。结果没开多久，车就坏在路上了，没办法只能又找人把车拖回了白师傅的修车铺。白师傅看到去而复返的司机，一句话都没有说，就埋头检查车辆。他还担心司机第二天开车精力不济，就让司机自己去睡觉，他忙活了整整一个通宵，才把车修好。第二天早上，司机问他多少钱，结果白师傅笑着说就要一天饭钱。司机很感动也很纳闷，这前前后后忙活了一宿，零件估计也换得不少，怎么能只要一天的饭钱呢？原来白师傅为了给司机节约钱，找到出问题的零件以后，没有直接换新的，而是把有问题的零件都逐一拆下来，凭借着多年精湛的手艺把零件都修好了，虽然时间多花了好几个小时，但是费用省了不少。货车司机没说什么话，开着车走了，回程的时候特意经过白师傅的修车铺，给他带了三十多斤土豆。白师傅问他："路上车没有再出毛病吧？"司机很傲气地说："一路顺利地到了西藏昌都。你的手艺，这个！"说着竖起来大拇指。

知道川藏线的人就都知道新都桥监狱的白师傅，常跑川藏线的货车司机更是把白师傅当成他们的"守护神"，有他在，司机们心里就踏实，所有人都习惯了白师傅的存在。"劳改释放犯"

的名声很不好听，让人抬不起头，可在厚道的山里人面前，白师傅赢得近乎神话般的崇高地位。我听过不少川藏线上的老司机谈起白师傅的技术，那是神乎其神，说起来神采飞扬的，"哪怕闭着眼修车也从不会拧错一颗螺丝""听一耳发动机的声音就知道车子有没有问题""白师傅说车跑一公里，绝跑不出两公里"……我听后打心底里替白师傅感到高兴。

十年间，我每次去，无论什么时辰，无论是白天还是黑夜，白师傅都在修车，他总是在不停地捣鼓手里的车，直到修好才休息，生怕耽误别人上路。1997年6月，我又想去看看他，可这次却伤心而归。修车铺的伙计告诉我："白师傅已经不在了，他是修着车倒下的，再也没有醒过来。"劳改农场干部、朋友和那两天路过的司机一共一百四十多人自发为他送葬。白师傅在这片山里得到了前所未有的安慰。从此公路边又多了一座土包，一个没有墓碑却牵挂着很多人的心的土包。如今，白师傅已走了二十几年，但他那饱经风霜的脸，皴裂的双手以及那件沾满泥土和油污的工作服仍然时常浮现在我眼前。

2018年3月

秀色让我流连忘返

2008年5月13日上午，我刚到办公室就接到了去北川的任务，到成都机场护送海南省的专业地震救护队赶赴灾区。此后的几天里，我在北川看到了各种催人泪下的画面，听到了各种悲惨的故事，也感受到了那里人民的坚强和韧劲。

从那儿以后，我每年都去一趟北川，亲眼看到那里在一点点变化：楼房盖起来了，马路修起来了，生活好起来了，人们笑起来了。

2014年9月，我去北川，碰见一位环卫大妈。她主动跟我们打招呼，聊家常。在得知我是从成都来的四川省摄影家协会的副主席后，她立马说："哦，成都的摄影家，你们等我一下！"便转身离开。

二十多分钟后，她带了一个普通小照相机回来。原来，一个多月前，一位成都的旅行者把相机落在了这里，被她捡到后一直小心保存。从那天起，她向来这里的旅游者打听，一直想办法要把相机送还给那位陌生人，直到遇上"成都的摄影家"，觉得我们可能与那位旅行者认识，能帮她将相机送还。

后来我才知道，这位大妈地震时失去了两位亲人，她本人也是被解放军战士救出的。这些年我时常会想起她的目光，那么透亮，

北川的环卫工人

那么真挚。

她做的这件小事,使我懂得什么叫感恩,什么叫淳朴,什么叫厚道,一直让我感动至今。

2015年,在成都还没出现共享单车的时候,我骑着北川旅游区的单车逛遍了北川新县城。焕发生机的县城让我心旷神怡,也味蕾大开。看着忙碌的老板和摆龙门阵的食客,生活只剩下了美好。

当然,新北川的秀色也让我流连忘返,新北川处处是美景。

羌族碉楼被称为"建筑活化石",找准角度,一座雄关险隘便呈现眼前。禹王东街的吊脚楼、碉楼很有特色,与街道上其他建筑相互配合,一幅静谧的清晨小景就架构出来。晚上,到重生广场旁的抗震留念园去拍一组绚烂夺目的彩灯树,空灵神秘。还有安昌河的杨柳依依,禹王桥的古朴庄重,都是摄影的好素材。

十年前,北川哭着走进我的心里,留下了一粒种子。十年来,这粒种子静静地生根、发芽、抽叶、开花、结果、传播,现如今已绽放成一片绚烂的花海。

2018年5月12日发表于《人民日报》

悬崖上的标语

阿什俄日今年五十三岁,家住在四川省布托县乌依乡,离麻风康复村很近,从20世纪80年代起,他就兼职县里的民政助理员,负责联络麻风康复村。这两年多来,我十余次进麻风康复村都是他给我带路,当翻译,可以这样说,没有他我无法进村,也无法了解村里这么多的情况,时间一长,我们便成了无话不说的好朋友。为了方便联系,我送了他手机、手表、电视机等东西,我们平均十天就要通一次话。

2007年初,媒体对我进行了宣传,记者为了了解清楚我进麻风村的详细情况,少不了对阿什的采访。在采访时他对记者说:"2005年3月,有人找我,说省上有个干部,连续两年提出要到麻风村去,都没有如愿,因为村里没有人愿意带路。这一次,要我带他去看一看。说实话,我当时看见省上的干部是个城里人,长得也比较胖,又留一头长发,不相信他能走到村里去。但他进村的态度很坚决,我只好从村里喊一个小伙子帮忙。在进村下山过程中由于长时间的下坡,我看见他指甲挤进了肉里,变乌了,还流了不少血,但他一直不吭声,咬着牙坚持。"

当记者又问阿什俄日:"在这几年中,与林强交往时有什么感受？"阿什俄日说："有几个'没想到'。"

他说，第一没想到，林强第一次进村后还住了三晚，记得自己1985年第一次进村的时候，害怕麻风病传染，不敢住在村里，当天去当天就返回。第二没想到，林强半年内来了好几次，每一次进村，他都要一家一户地走，挨家挨户地看，看看哪家缺粮、缺衣，哪家老人得了什么病，哪家小伙子要结婚、姑娘要出嫁，都了解得一清二楚。平常我进村，我都没他这样细心，我很佩服他。他还跟我提过几次，应该在村里建个学校，我以为他只是说说而已。因为我知道，在村里建学校太难了，一是没钱，二是建好后请不到老师。第三没想到，林强来过半年以后，就帮助村里解决了一个天大的难事，在村里建起了学校。第四没想到，当时村里遭旱灾，林强又从成都运来了一万斤大米，让全村的人渡过了难关。第五没想到，林强帮村里建了学校以后，又自己掏两万元钱，要求村主任组织村民加宽出山的道路。现在，村民走在这条路上，都很感激林强，就在路边立了一块石碑，把这条路叫"康复路"。

悬崖上的标语

去年 10 月我去村里，路加宽了，路好走了，在下村路弯发现一块石碑，石碑上的内容主要表达了全体村民对我的感激之情，同时又在山崖上写了许许多多感谢我的标语，我问阿什俄日是怎么回事，是谁写的，他说是他写的，而且还冒着生命危险，搭梯子写的，因为写这些字还差一点摔到山崖下去。我说这不好，要把它擦掉，如果要表达心意有一条就够了，应该写县委、县政府。他说写这些不是他的主意，是全村村民专门开了会，要表达他们心意，而且要在什么位置写都是他们的意思。他们不会写字，委托他办的。我听了，也不好再说下去，觉得这些村民太可爱了。

2007 年 8 月写于布拖

雪线上的孩子们

2013年6月，四川省财政厅、四川省教育厅《关于对海拔民族地区义务教育阶段学校给予取暖的通知（川财教〔2013〕79号）》的红头文件已经向各地下发。文件里提到，经省政府同意，从2013年春季学期起，对我省高海拔民族地区义务教育阶段给予取暖经费的补助。当我看见这份文件时，心情高兴得难以形容。一个人所做成的某件事能被政府认可，那种喜悦的成就感，比什么都甜。

这件事要从六年前我担任四川省政协委员说起。那时我经常去四川的藏区和凉山的彝区，喜欢摄影的我想拍摄一组以"雪线上的孩子们"为主题的照片，五年来我走访了在甘孜、阿坝高海拔地区的七十余所学校，拍摄了许多孩子们的照片。在拍摄过程中，不仅接触到了学生、老师和家长，也听他们讲述了许多困难和问题，了解到了产生这些问题的原因。这些问题

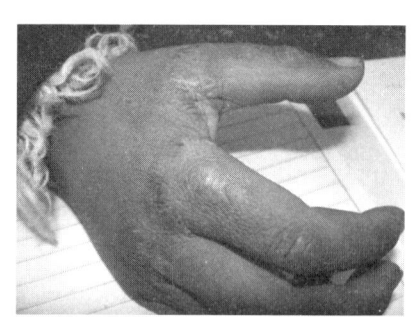

长冻疮的小手

的产生,必然是通过亲身经历和切身感受才会如此真实。

2009年,为了了解高海拔学生冬季取暖不足的问题,我带着睡袋和温度计来到甘孜州炉霍县宗塔乡中心校。那天晚上与中心校的老师一起挤在十平方米的宿舍里,外面寒风凛冽,屋里寒气刺骨,冻得骨头咔咔响,当时的我深切感受到了四月天高原地区的寒冷。为了真实的记录4月底还在生冻疮的孩子们,我一大早就在零下的气温中冒着风雪等候在路边,用相机拍摄长冻疮的孩子们上学途中的场景:家里条件还不错的学生,上学时会戴上帽子和手套;穷苦人家的孩子光着脑袋,只能在寒风中低着头,快步赶往学校。这样生动的上学场景,被我用相机记录了下来。

宗塔乡中心校的海拔在三千七百米左右,当时的气温在零下三度的样子。成都的海拔是五百二十米,我打电话回家询问成都的实时气温为十六摄氏至二十三摄氏度,两地虽然同处一省,气温却因海拔高度相差了二十摄氏度左右。这还是四月天的温差,可想而知其他月份的温差会更大。

几年来我去过的学校中要数色达县泥多乡中心校最为突出。那里十分偏远,学校离县城有两百多千米,海拔在四千三百米左右,我6月到学校的时候,天空还飘着小雪。那里是全牧区,没有一棵树,我发现前几年学校盖的教学房墙的厚度跟别的地方的学校没有多少区别,

长冻疮的小脸

6月飘雪的高原操场

保暖性很差，可以想象冬天会有多冷。

2010年1月，我去贡嘎山乡玉龙西村小，这所学校海拔在四千米左右，因为天气寒冷，家长怕孩子冻伤不愿意让孩子上学，所以那天我在原本有四十多名学生的学校里只见到了六名学生。由于那几年跑过的高海拔学校较多，那一张张冻伤的小脸，那一双双长满冻疮的小手，那一个个渴望帮助的眼神，时常浮现在我的脑海中，出现在我的梦境里。

后来我仔细分析原因，四川因为地处中国南部地区，大部分地区一般冬天气温都在零度以上，也不太冷，但四川省的甘孜、阿坝的许多县的冬天甚至会比北京冬天还冷，一到冬天当地气温就会下降到零下十几摄氏度，而那里的学校又没有供暖设施，所以许多问题就接踵而来。通常学生取暖补助费会以秦岭淮河为界，而以四川为例的秦岭淮河以南的地区就没有享受到这个政策，可同样西部高海拔的西藏、青海、甘肃的学生都有高寒补贴。因此四川高海拔地区的大部分学校如果坚持上课，将造成学生冻病冻伤，只能通过延长寒假时间来应对严寒的天气，存在"冷了就放、靠天办学"的问题，有的县中小学寒假长达三个半月。加之农牧民群众在严寒冬季都有烧火取暖的习惯，即便有的学校在严寒冬季坚持行课，但许多家长怕学生冻病冻伤，不愿送孩子上学。地方政府在动员学生家长送子女入学，宣讲适龄儿童不能去寺庙学经，必须接受九年义务教育政策时，家长回答说："学校的水泥房子冷，没有寺庙的木头房子暖和，学校又没有火烤，娃娃哪里受得了。"所以解决好学生取暖供热问题，保障足够的教学时间，成了稳定高海拔地区教学的民生工程。

2012 年，我以政协委员的名义提出了《关于在四川海拔 2500 米以上的学校增加学生冬季取暖供热经费补助的建议》提案，并配上了数张我亲自拍摄的照片，被四川省政协副主席吴正德带去了全国两会，在两会结束后，财政部、教育部的同志相继给我打来电话了解情况，明确表示我提的建议非常好，他们会协调四川财政予以解决。

很快，从 2013 年，起四川省甘孜、阿坝、凉山州位于海拔两千五百米以上的学校，一共三十四万多的学生开始享受每年每人两百元的冬季取暖补贴。没想到我拍摄的"雪线上的孩子们"的摄影专题照片，引起了强烈的反响，后来当我再次回到那些学校时，看到那些孩子们的笑容洋溢在没有冻疮的小脸上。

从那以后，四川高原上的教室真正暖和了起来。

2014 年 11 月写于康定

夜登二层山

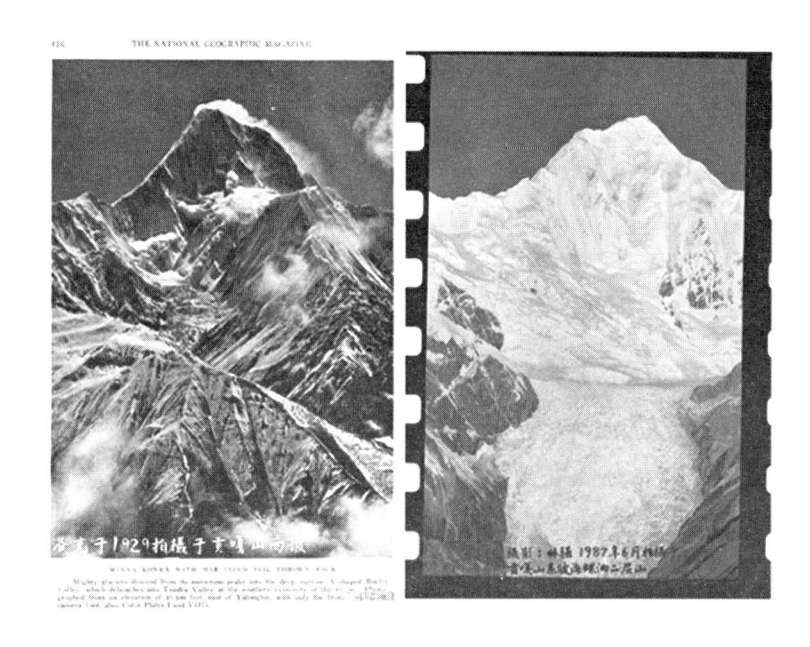

这张拼图，左边是美国人约瑟夫·洛克1929年在贡嘎山西坡拍摄的照片，1930年发表在美国《国家地理》杂志上，当时贡嘎山还被误认为是世界最高峰，右边是我1987年6月在海螺沟二层山拍的贡嘎山，目前被认为是贡嘎山东坡第一张照片，现保存在海螺沟纪念馆

1987年开发海螺沟时，山民流传着一句话："如果有人，在不要山里人帮助下，能孤身登上二层山顶（五千四百米），就是山民们的英雄。"当时我年轻好胜，又喜爱摄影，找人画了二层山的草图，看好天气，背着两个包就出发了，足足走了二十五个小时。中途因天气变化，在羌活棚崖洞休整了四个小时。

羌活棚崖洞那一夜，基本是站着过的。刚刚睡下，一声炸雷挟着暴雨从天而降，雨水、溪流一齐涌进实际上只是一个窝的崖洞。那是我第一次在如此高的地方看脚下的雷电，那种让人战栗的恐怖之美如今仍刻在心间。

凌晨四点，我打着手电，顶着雨后的浓雾开始攀山。那山比我估计的要高得多。当我终于走出笼罩在头顶上的云层时，太阳已高悬蓝天，拍摄贡嘎山日出的美妙设想成了泡影。为了上山顶，我继续攀登着，气压降低的那种不舒服难以描述，身上没有一处对劲的地方，像被扔在沙滩上的鱼，肺被自己拼命吸进的空气胀到疼，但总觉得吸不进东西。身体里仿佛伸出无数只手到喉咙口抢夺氧气，一把一把地抓空，抓得人头晕目眩。当我终于登上能够尽览贡嘎雄峰的那个台地时，一停住，脚就再也走不动了。脑子里就像没有血液，变得如木头一样硬。

拍完照片后，我躺在一块大石头上休息。突然间，眼前悄悄出现了宽阔无边的草地。绿色的草地上布满了红、黄、白色的野花，它们在阳光下相互争艳。一转眼，一道双彩虹在美丽的贡嘎山间画了弧圈，一群藏族小伙和姑娘骑着马、赶着牛羊，在彩虹下自由奔跑着。迎风而起的嘹亮优美的歌声，由远而近在我耳边自然流动。一切如梦境，但又是那么真实，它就发生眼前，不由得你不信。

时过两年后，我才知道，那是高原幻觉，是比较严重的高山反应，是大脑受刺激后引起的。庆幸的是，我当时在二层山顶上留下的那张贡嘎山主峰照片，现在已成为在东坡拍贡嘎山最早、离贡嘎山最近的一张照片。

2020 年 2 月 26 日

影响我的三位老师

2019年6月3日，在北京，中国人民革命军事博物馆馆长和政委亲手把收藏我实物及作品的证书颁发给我。收藏的实物中有2007年中组部、中宣部、人事部、总政治部、国务院军转办五部门联合授予的"全国模范军队转业干部"荣誉称号的文件、奖章；出席全军英模大会代表证；教育部授予的"全国优秀教育工作者"荣誉证书；中宣部、中组部、全国文联授予的"全国中青年德艺双馨文艺工作者"证书、奖章；第四届全军运动会上打破全军田径十项全能纪录的奖牌、喜报和立功证书；荣获中国摄影界"金像奖"的证书；编剧并制作的电影《贡嘎日噢》荣获2016年美国第十三届世界民族电影节"优秀故事片"证书；以及国家级裁判员、全国优秀裁判员证书，军队二等功、三等功奖章等共二十六件，还有几十年来在国内外获奖的摄影作品四十七幅。

翻看着这些荣誉和作品，我想起了影响我一生的三位老师。这三位老师都是四川资中县中学的老师，他们不仅学识渊博，而且在自己的专业领域都有很深的造诣，更重要的是他们都有一颗仁心，一颗韧心。

第一位是顾超群老师，她1936年从四川华西协和大学毕业后就开始担任中学老师，1945年曾在资中进德女子中学担任校长，新中国成立后一直在资中二中担任数学老师，是新中国成立以来首批一级中学教师。顾老师一辈子没有结婚，生活非常简朴，从不乱花一分钱，平时连一件像样的衣服都舍不得买，经常有人私下说顾老师"抠门"。但五十多年来，她一直把自己大部分的工资用来资助贫困学生，她帮助过的学生有上千人，有不少学生成了科学院士、教授、将军、艺术家。有一次，我问她："你这么艰苦，值得吗？"她笑着跟我说："当我见到那些学生成人成才，我就觉得很满足，很幸福。"2003年，顾超群老师去世时，她把自己所有的存款捐给了资中二中和老年大学。顾老师的骨灰撒在资中二中后山一棵树下，每年的清明我都会去那棵树下缅怀顾老师，看那棵树发出新芽。就是这位顾超群老师，让我懂得了什么是善良，什么是幸福。

第二位老师是陆齐民老师，也是我的母亲。她在民国时期就读了两所名牌大学，后来也在资中二中任教。父亲去世那天，母亲仍然坚守在讲台上。我问过母亲："为什么不向学校请假，处理丧事？"她回答我："给学生上课是我的工作，我的责任，不能因为私事而影响工作。"1964年，她被调到资中第三初级中学任教，当时这所学校只有她一位英语老师。校长叫她放弃低年级的英语课程，但她为了让所有学生都能享受到应有的教育，独自一人承担了三个年级一共十四个班的英语课程。当时教师没有课时费，都是死工资，而她一个星期要上三十二节课。我从她的身上感受到了什么是敬业，什么是责任。

第三位老师是龙泽咸老师，他是资中一中的体育老师。1930年，他参加了中外田径运动赛，获得了万米长跑的冠军，写下了中国人在万米长跑项目中首次战胜欧美运动员的辉煌历史。在资中一中任教后，他每天从早到晚都泡在运动场上，上课前他会把跳远、跳高用的沙坑挖松，特别是跳高用的沙，生怕学生上课时受伤。体育器材紧缺时，他会用竹竿自制标枪。还记得有一次长跑考试，龙老师为了让我取得好成绩，一直在内道带着我跑，并在跑的过程中不断地鼓励我，提醒我调整呼吸，加大摆臂，那次我跑了第一名。在跳高训练过程中，每次失败了都是他鼓励我爬起来继续坚持。十年后我在全省运动会上获得五项全能金牌并打破省纪录，当我站上领奖台那一刻，突然明白龙老师经常鼓励我们的话：一切成功都来源于失败。龙老师让我明白什么叫坚持，什么叫拼搏。

龙泽咸老师

在这三位老师的影响下，我在工作中也取得了一些成就，受到了国家的表彰。一个人遇到一位好老师是一生的幸运，更加幸运的是我遇到了很多像顾超群、陆齐民、龙泽咸一样有责任心、有爱心、有恒心的好老师，我今天的成就与各位老师的辛勤培育分不开，与各位老师的言传身教分不开。"师者，人之模范也。"在第三十四个教师节来临之际，我由衷地希望老师们"求真喻德"的精神能够不断地传递，也祝福全天下老师们节日快乐！

2019 年 9 月 10 日发表于《教育导报》

永远的牛牛坝
——牛牛坝赶场记

1969年,我在农村插队时最快乐的一件事是去离住处十几里的镇上赶场,集市刚结束,又盘算下一次赶场的时间,几乎每一场我都不放过。当地农民通过赶场进行买卖交易,去换取生活所需的物品,而我赶场完全是为了好玩,去感受那种热闹的场景。每次赶场我都会从场口走到场尾,多的一次是走了四个来回,把自己融入集市的人群中好似一种满足。

三十多年后,我回到了那个镇,镇上的房子变高了,街道加宽了,商店里摆满了各种各样的生活用品,镇周边的人随时都可以到镇上买到他们需要的生活物品,过去那种赶场的热闹场景看不见了,我望着镇上寥寥无几的行人,心里觉得缺了什么……

前年一次偶然的

卖鸡的人把鸡装在大口袋里,鸡会用嘴叨开口袋把头露出来

牛牛坝赶场场景

机会，我在四川凉山州美姑县一个不足千人的牛牛坝镇，再一次看到了那种赶场的热闹气氛。牛牛坝镇是十天赶一次场，每逢周四就是他们的赶场日，因牛牛坝镇地处几个县的交界处，赶场的人除本县外，大多都来自邻近的昭觉、雷波和甘洛县。我无法考证牛牛镇赶场的历史有多久，但我从老乡那里知道，他们的爷爷的爷爷们就开始在这里赶场，就是他们的父辈把赶场延续到了今天。如今的牛牛坝镇赶场的规模之大，人数之多，让人惊奇。

这两年，我多次来到牛牛坝镇，不是好玩，不是买卖，而是为了记录当地人赶场的生动画面。那些为赶一次场而多次涉河的男男女女，那些在森林里的马市、牛市和羊市，那些背着、扛着土鸡的小孩和大人，那些摆满地上的日用品，那些路边治牙的简陋场所，那些修表、缝纫、补鞋人的各种姿态，那些现场卖掉自己头发的少女，那些毕摩和艺人的精彩表演，还有赶场人群中的吃、玩、交流等各种场面，这一切都记录在了我的相机里。通过记录，我明白了赶场是当地人生活的重要组成部分，是一种文化。

百年之后，我希望那时候的人，哪怕只有一位，能看到今天《中国摄影》杂志上记录的牛牛坝镇赶场照片，希望他能骄傲地告诉自己的孩子，我们的祖辈是多么勤劳和纯朴，我们的民族不仅有着悠久的历史，而且有着光辉的文化。

2010 年发表于《中国摄影》

与死神比肩

1997年10月初,稻城进入了它美丽的季节。我和探险摄影家吕玲珑结束了在稻城周边的拍摄,做好深入海子山腹地的准备。海子山是喜马拉雅山造山运动留给人类的古冰体遗迹,方圆三千二百八十七平方千米,散落着一千一百四十五个高山湖泊,平均海拔为四千五百米,一年只两个无霜期,那里无人居住,除了石头就是海子和沼泽地。

县里替我们物色了一位当地的藏族向导名叫布呷,他刚过三十岁,身强力壮,祖祖辈辈在海子山放牧,他对那里的地形了如指掌。

进入海子山腹地要穿过三片沼泽地,我们走过第一片沼泽地,天就黑了,那天又恰好没有月亮,手电的电池又耗完了,在这伸手不见五指的荒山野岭,没有照明,我们只好把四匹马拴在一起连成一串,由布呷在前面牵马开路。

海子山10月的夜晚气温一般会降至零摄氏度。为了确保我和吕玲珑两人安全到达拍摄点,布呷踏着齐膝深的沼泥,用他那智慧的双眼,小心寻找穿过沼泽的路线。我把羽绒服脱下给布呷穿,他说什么也不要。他明明踏着冰凉的沼泽,还不停地对我说:"我在走动不冷,你骑在马上,脱了羽绒服会感冒。"三个小时后,布呷带领我们顺利通过了第二片沼泽。在通过第三片沼泽时,由于水大,转了好长时间也没有走出去,我们心里都十分着急。布呷以为找到了路,回头用力拉马时,那匹领头的马任他怎样又拉又扯,就是不迈步,逼急了它反而又蹦又跳地炝蹶子,其他的马也跟着又叫又跳,顿时乱了套。我骑的马拴在吕玲珑马尾部的绳上,前面马跳,缰绳一紧一松,后面马就跳得更高,我没有一点准备,在一声喊叫声中我和马、器材掉进齐腰深的沼泽中,我还来不及呼救,那马出于求生的本能,竟踩在我肩背上一跃而起,跳了起来,而我却陷得更深,我已经感觉到死神的召唤,我把头和手露出水面,发出呼救声。这时吕玲珑身体也挂在马上,两只脚卡在马镫里怎么也取不出来。他一个劲叫布呷不要管他,赶快救我,幸好布呷来得及时,不然我的后果不堪设想。

我的羽绒服已全部湿透,左腿裤子在从马上摔下时拉了一条长口,大腿肌肉裸露在外,当时我冷得浑身发抖,话都说不清。我不停地在原地跳动,让身体产生热量,防止身体冻僵而休克。此时已是午夜,水面开始结冰。

海拔四千五百米的海子山腹地

我清楚,在这海拔四千五百米的高原上,后半夜气温还会继续下降。刚脱离险情,我们又陷入"盲人骑瞎马,夜半临深池"的危险处境。我们必须尽快走出这片沼泽,找一块干地宿营。吕玲珑是一位有经验的探险摄影家,他借着打火机的光亮,凭着多年在高原生活的经验,在前面一步步艰难地找路,布呷一边挽着我,一边牵着马紧跟着,就这样摸索着走了四十分钟,也不知走了多远,终于找到一块干草地,旁边还立着两块大石头,此地是眼下露营的最好地方。

我们卸下行李一看,除了两个睡袋外,其余被褥、帐篷等都溅湿了,他们先让我把湿衣服脱下,光着身子钻进睡袋。我刚躺下不久,就听见不远处传来了一声接一声的狼嚎。吕玲珑说:"这是狼发现了我们,正在招呼同伴这里有食物。"这时,那几匹马也不停地长嘶,那声音像夜空中拉响的警报,让人不敢入眠。为了防止意外,吕玲珑和布呷基本上是睁着眼睛到天明。

第二天早上,我看见了我骑的马,它用那特有的方式一直守卫在我的身旁,向我倾诉着不是有意踩在我肩上的错误。在马和我们周围百十米远处,地上全是狼的脚印。狼之所以没有贸然袭击我们,可能是因当时正处秋季,小动物尚未冬眠,狼群吃得比较饱。如果遇到的是一群饿狼,后果不堪设想,可真让人后怕。虽然这事过去多年,但我始终觉得,那是我生命中最神奇的际遇。我更加明白,艰苦高原环境不仅培育了这个民族坚忍的意志和善良的心灵,而且培育了这个民族对险恶的从容和对死亡的超然。

1997 年 12 月写于成都

只见过一面的颜菁女士

我记不清颜菁的模样，因为只在朋友聚会上见过一面，那天中午我们吃的火锅，虽然我们的位置靠得很近，但都朝着一个方向，所以很难见到她的脸。但从她的气质中可以感觉她是一位有文化有品位的女人。

认识颜菁要从2015年的一天说起。因为我在头一天接到了解放军电视宣传中心季桂金将军的电话，季将军在电话中告诉我，他已到成都空军任职，明天想请我吃饭。第二天中午，我按照他发给我的信息准时来到了成都空军的招待所太成宾馆，季桂金将军早已等候多时，他还特别邀请了一位北京的老画家和一位女士。就是在那次聚会上我见到了颜菁。

我和季桂金将军已经好几年没见过面了，我们一边吃着火锅，一边回忆着2007年我们一起在北京的日子。我又讲起了麻风村的故事，颜菁听得很专注，几乎没有插话，只是偶尔划动着手机，后来我才知道她当时摆弄手机正是在查阅网络上媒体报道我的信息。聚会结束后，颜菁请我加她的微信，等我上车后，手机突然发来一个转账提醒，打开一看原来是颜菁打来的一万块钱，之后还附上了一段文字："林主席，今天听了你讲述的故事，真心很佩服你，得知下周你又要去麻风村，冒昧地给你打了一点钱，希望给你的路途带来一些方便，同时想通过你关心那些为了我们的健康长期生活在深山里的麻风病人们。"我看完消息非常激动，立即回复她非常感谢她的援助，我一定会把这笔钱用好，等从麻风村回来后再向她报告。

说实话我一般不愿意接受别人的善款，记得 2008 年汶川大地震时，国外有几位华人看见《南方周末》发我的那篇访谈，通过大使馆找到了我的联系方式，表示要捐一笔款给我救灾，他们本意是很相信我这个人，但是我都委婉地拒绝了。我向他们表达了谢意，并告诉他们我是个人行为，他们最好把钱捐给国家红十字基金会这样的慈善机构。我担心用不好别人的捐款，对不起捐款的好心人，压力会很大。好在这次颜菁的捐款不太多，又非常真诚，加上我本来就要赶往麻风村，所以就接受了这笔善款。

去麻风村的前一天，我用颜菁的那笔钱去买了一批电暖器，因为麻风村的冬天一般都是零下，有几次我都发现那些麻风病人残缺的手脚长满了冻疮，这批物资正好可以帮助他们更好地度过冬天。买电暖器剩余的善款又用于资助支教的老师和一位九岁的孤儿。

2017 年 10 月 28 日下午，我的新书《生命的力量——一个麻风病人的纪实》在四川省图书馆学术报告厅举行新书分享活动，在分享活动中，我向大家讲述了颜菁的故事，我讲述这个故事的原因主要是想告诉大家，我在帮助麻风村的过程中，背后得到了很多人的支持，他们很多人我只有一面之缘，他们也不求名利，只是因为一份善心，想要默默地为麻风村的病人们做点什么。正是因为我背后有这么多默默付出的人，麻风村村民的生活才得到一些改善。那天在线观看分享会的观众有一万两千人次，没想到颜菁也在其中，分享会结束后我又看见我的微信里颜菁又转了一万块，并附上一段话："林主席您好，我做了一点小事你还夸赞我，我很惭愧，以后我一定尽力帮助麻风村！"看完信息后我更加激动，准备送她几本书作为感谢，结果当我把书送到颜菁手里时，她又把书款一分不少地转给了我，还说这本书让她受到了深刻的教育，并在读书时好几次落泪，让她更加珍惜生活，珍爱生命。

与颜菁女士的微信截图

之后颜菁每年都坚持支持麻风村，我也每年坚持去一趟麻风村。去年彝族年我回阿布洛哈村（麻风村）的时候，我用颜菁的善款在山脚下给村民们买了一头五百斤重的超级大肥猪，用来给大家庆祝彝族年，并用剩下的善款打印了之前给村民们拍摄的照片，发放给大家。

物质和粮食或许会很快被消耗完，但是精神的粮食总会留在人们心间。我看着全村人们欢乐的笑脸，内心又一次升起了对只见过一次面的颜菁的敬意和感激。

2019 年 4 月

仲巴和帕羊

今天是我们在西藏的最后一天，行程并不远，早上我们从萨嘎出发，逐渐进入阿里地区，一路上渐渐能够看到一些特色的盐湖和沙丘。

中午我们到达了西藏的最后一站——仲巴县，这里被称为是兰州军区和西藏军区的交界。仲巴县很小，一眼便能看完整个县城，整个县城只有三个小饭店，居民用水每天只有中午一个小时的供应，大家都利用中午的时间把家里所有的容器拿到固定的供水点把一天的用水装好。当地的群众告诉我们，这里已经几个月没有下过雨了，由于接近阿里，附近的气候比较干燥，经常还会遇到风沙。

我们来到了西藏最西面的部队，仲巴人武部，这也是全军最为艰苦的人武部，这里海拔四千八百米，方圆几十公里基本上没有人烟，干旱无雨且时有风沙来袭。进入人武部的院子，除了办公用的一栋平房外，其余的用房如同一个荒废的工厂一般，这里的官兵只有不到十个人，政委已经在西藏待了二十三年，昨天我在电视中看到一个讲述海边守灯塔人的纪录片，里面谈到守塔人生活的空虚，他们都养狗，可在那里连狗都会得忧郁症。吃饭的时候，政委一直没怎么与我们交谈，吃过饭后他突然问我："你是不是全军优秀军转干部林强，就是宣传麻风村的那位？""是呀，我就是林强。""我刚刚就一直在想，是不是就是你。"听到这话我们都乐了，原来刚刚这位政委一直不说话的原因在此。

下午我们的目的地是帕羊镇，离这里只有八十多公里，时间比较允裕，我们和人武部的干部们在会议室座谈了起来。仲巴人武部是西藏最边远的人武部，2006年成都军区张海阳政委曾来到这里看望他们，至今会议室门口还放着张政委送给他们的空调等电器。我和他们谈了两个多小时，他们说前年宣传我的时候还专门学习过我的事迹，我告诉他们："在这样艰苦的地方，我们就待一两天，你们却要待上几年甚至更长时间，其实我更应该向你

阿里地区的牛与湖

们学习。"

我们下午两点半从仲巴离开，人武部的领导们还给我们送来了哈达，对于他们的朴素和热情，我们非常感动。

在到帕羊的途中，我们路过一片沙丘带，沙丘的背后是湖泊和雪山，这样的美丽风景我们是一定要拍的，但是下午的光线不太好，如果要拍到最好的效果，一定要等到太阳西下。正是一天最热的时候，加上附近没有植被，一直刮着大风，我们站在沙丘旁等待，头上、脸上、嘴里、耳朵里，灌满了风沙，我的头发长，到后来更是一抓头发沙粒就直往下掉，一说话就听到牙齿和沙子摩擦的声音。三个半小时以后，光线柔和了，可以拍摄了。为了不让相机进沙，我们想尽了各种办法保护相机，终于拍到了理想的照片，能把这些美丽的风景传播出去，就是我们最大的快乐。

晚上九点半我们才到达帕羊镇，这时天还没黑，整个帕羊有着浓郁的大西北味道，由于没有部队，我们只能在镇上找一个落脚的地方。这里没有宾馆没有酒店，只有一些当地民众自己建起来的招待所，土搭的房屋，厚厚的毡毯。我们一边喝着酥油茶一边工作，虽然这里条件很差，但却让我感受到了什么叫淳朴，热情的老板知道我们还要工作，专门给我们发电供我们的电脑使用。明天我们将到达霍尔，近距离接触神山、圣湖。

2009年6月19日凌晨写于帕羊

重回玉龙西

六一节快到了,我想念那些雪线上的孩子们。正巧四川省第十五届摄影大会于5月27日在康定举行,我代表四川省文联和四川省摄影家出席了开幕式。开幕式完后,我就直奔贡嘎山乡玉龙西村小去看那些久别的孩子和那位不知姓名的新老师。

与我同行的有吉嘎老师,吉嘎老师今年六十七岁,二十五年前我们在玉龙西村小那间土墙的教室里相识,如今那间教室已经废弃,但吉嘎老师当年与十七名学生在教室构成的那幅美丽的画面却永远印在我心里。

玉龙西村小地处贡嘎山西坡海拔四千米处,二十五年前那里不通电和公路,那年冬天气温最低能达零下三十摄氏度,为了那个村的孩子,吉嘎老师一个人在那所学校坚守了二十七年,他把一批又一批孩子变成了小学生,让他们能用文化的眼光注视自己的生活和土地。

去年8月,我到康定出差,吉嘎老师把十年前我见过的两位学生带到面前,拿出她们的大学录取通知书,一位是四郎巴珠,被四川民族学院录取;另一位是泽仁志玛,考上了阿坝师专,那天我同她们一样兴奋了很久很久。

2009年5月下旬，我边疆万里行出发前，接到了吉嘎老师的电话，他告诉我，由于国家提倡集中办学，现在玉龙西村小撤并了，学生都迁到了离玉龙西二十公里的乡中心校学习。他很想再回去看看那所雪线上的学校和村里的孩子们，我马上调整了路线，一个星期后吉嘎老师与我到了玉龙西，我站在玉龙西学校门前，教室里空空的，只有那些课桌和教室墙壁后残缺的墙报，在无声诉说着过去的故事。我突然发现，教室外的旗杆上光光的，那面熟悉的五星红旗不见了。那面国旗是我送给学校的。吉嘎老师在这面国旗下坚守了二十七年，他让这里的孩子知道自己的祖国，国旗的光辉每一天都照在这些孩子们身上。

　　村里老乡看到吉嘎老师回来了，都来向他反映，孩子到中心校要步行两三个小时，因此三年级以下的学生大都失学了。我发现吉嘎老师的眼睛有点发红，我对他说："虽然这所学校已经撤销了，高年级的娃娃在中心校得到了更好的教育，目前这里缺老师，余下的那些孩子们，我们相信不久一定会有像您一样的老师在这里支教。"其实我在劝吉嘎老师不要难过时，我的心也如针刺一样难受。

　　半年前的一天，我突然接到吉嘎老师的电话："玉龙西村小已恢复了上课了，是一位志愿者老师，很年轻，课上得也好。"吉嘎老师在电话中声音很兴奋，我们约定，一定要去看望这位年轻的老师。

　　从甲根坝到玉龙西要翻过海拔四千七百米的山口，在山脊上就能清楚地看到贡嘎山，那里离贡嘎山直线距离不到二十千米，是看贡嘎山的最好观景台。这个山口我经过了许多次，都因天气原因，没能见到贡嘎山的真容，没想到这次去看望新老师和学生时，却能见到如此美丽的贡嘎山峰，我控制不住自己，跳下车，找了个好角度，用相机记录下了贡嘎山峰那神秘、壮丽的画面。

汽车从山口往西行驶二十千米后，就到了玉龙西。很远我们就看见了那面熟悉的五星红旗，到了学校，老师正在上课，标准的普通话，整齐的读书声，让我们感到十分惊奇，下课后，孩子很有礼貌地和我们进行交流。一年时间不到，不得不让我们对这位年轻的老师感到崇敬。这位支教老师叫杜爱虎，今年二十五岁，长得精神，是清华大学电机学硕士研究生，他在网上看到我和吉嘎老师的故事后，拿着我在玉龙西村小给吉嘎老师拍的照片，一路打听找到了村小。2011年9月，就开始自愿在玉龙溪村小做一位老师。虽然这所学校只有二十一名学生，但他的到来这给个村带了变化和希望，杜老师不仅在这里教书育人，还把自己多年学得的知识用于村里的经济建设和发展，村里的老乡都把他当成是家里人。

我走进杜老师那间八平方米的寝室，房里很乱，各种书籍占了三分之一的空间，那台老式的电脑是房间里最贵的家当。自从1993年这个学校改建后，每次来我都住在这个房间里，我记得1998年4月，因白天走访村民和拍贡嘎山时感冒了，回校后我就呕吐发烧，那晚吉嘎老师就在这间房里守了我一夜。

我没想到，这里来了一位高学历的老师，他年轻又敬业，让我和吉嘎老师感动，我不停地问他，需要什么，缺什么，虽然他没有提出多的要求,但我已经计划为他在这里教书尽力提供方便。后来,我与杜老师讨论了在海拔四千多米的高原孩子的教学问题,我希望他在教学中增加一些对当地历史的认知,让他们了解自己所在地的历史发展和特有文化,要有对祖国大家庭的认同,让孩子们从小知道祖国是个大家庭,华夏儿女是一家。同时结合藏区特点,让孩子们掌握一些给牛羊治病、种草灭鼠、修摩托车、修农机等知识和技能,使小学初中毕业的孩子能学以致用,自食其力,这样他们才有学习的动力。

告别时我把给学校带去的篮球、足球和孩子们的图画笔交给杜老师,作为给学校和孩子们六一的礼物。汽车启动时杜老师一直站在学校门前目送我们,我从反光镜里看着他的身影,渐渐变得模糊,我努力地伸出头向他挥着手,但山坡已把他的身影挡住,只有那一面鲜艳的五星红旗在空旷的山野中飘荡着。

2012 年 6 月

朱巴龙的乡亲没有忘记我们

今天是 2009 年 5 月 26 日，由于中途遇上修路，耽搁了不少时间，只能改住左贡。天刚蒙蒙亮我们便从巴塘出发，按照行程，再过去三十多公里就是金沙江大桥，过了桥我们就进入西藏了。

过金沙江大桥的第一个地点是芒康县朱巴龙乡。在大桥的这边我们便看到江对面飘扬的国旗，四周的山上没有什么植被，更显得国旗的耀眼。十五年前的这个时候，四川教委和民委在巴塘县召开了全省的牧区教育工作现场会，当时我作为省教委的一名处长，也参加了这次会议，昌都地委、芒康县委书记都到会议现场祝贺。与一江之隔的四川的学校相比，芒康县的学校各方面条件都要差上许多。当我们与芒康县委书记告别时，四川省教委王可植主任向他表态，四川省教委将出资重建朱巴龙中心校。

此后第二年，新的朱巴龙中心校便建起来了。此后的十多年，我一直没有机会来这里，今天从这里路过，看到那飞扬的国旗，不禁让我想起了十五年前的这段往事。

十五年来，朱巴龙中心校的老师换了一批又一批，现在学校的老师们都才来几年时间，个个精神奕奕，朝气蓬勃。走进学校，我拍了一些照片，想把这些照片带给我的老领导王可植，让他看看，当年他曾帮助过的朱巴龙中心校而今的新貌。

从学校出来遇上了乡干部，在得知我是代表四川省教育厅来看看学校的，这名乡干部非常高兴，又拉着我重返学校。

"你看这里，这里，十多年来，这个学校有上千名学生在这里受过教育，都是托了你们的福了，这里的乡亲都还记得你们啊！"

"这个学校是你们帮我们建的啊，非常感谢你们！"这时几个学校的老师也跑了出来，感激地对我们说。

婉言拒绝了大家留我吃午饭的盛情。此时我想到的是，在汶川大地震中，四川受了这么大的灾，全国各地都在帮助我们，无论是什么民族，无论在什么地方，我们都生活在同一块土地上，如果在有困难时大家能够相互帮一把的话，那么，不管是多大的困难都能克服。

下午三点多，我们在翻越东达山的途中路过一个偏僻兵站，这个兵站海拔四千一百米，全体官兵加到一起就十来个人。据我们了解，这里是川藏线上条件最为艰苦的兵站之一，附近几十公里基本没有人，冬季三个月都是封山期，没有水也没有电，他们的粮食是封山期来临前其他兵站给他们送来的。兵站的站长叫朱红雷，我们到来时他正因身体不适在休息，他已经在这里待了六年，七个月前才做了胆囊切除手术，但由于工作需要，他出院后又马上来到了这里。这个兵站，让我们感动……

因为今天一直在赶路，从早上六点多吃了早饭以后，我们就一直没有再进食。下午四点左右，我们到达了今天的目的地——左贡县，这样我们就只能将午饭和晚饭一块解决了。饭后我和我们驻地兵站的战士们一起聊天，聊他们的生活、家庭和理想，他们身上散发出来的蓬勃朝气让我也感觉回到了自己的戎马时代……

2009年5月26日晚写于左贡

朱巴龙完小

住在天边的四川女孩

今天的路程很远,我们要到错那的边防部队去,还准备去山南这边的边境看看,所以我们早上六点就出发了。

到错那的路全是柏油马路,比起昨天翻加查山来,这简直就是一种享受。从三千六百米海拔一直到五千一百米,我们路上翻过了两座高山,亚堆扎拉山和雪布达拉山。在亚唯扎拉山上,看到一片美丽的风景,雪山、草地、湖泊,应该怎么形容这样的风景线呢?白色、绿色、灰色、蓝色、黑色、黄色六种颜色,一切都是那样和谐。

早饭时,我们在路边遇到一个老乡开的四川餐馆,老板是来自四川中江的两口子,但引起我们注意的,是他们十四岁的女儿,一个名叫王琴的小女孩。本来,对于老两口从四川到海拔四千多米的藏区来开一个小餐馆我们就有些疑惑不解,而十四岁的王琴,正该是在学校念书的年纪,为何也到这么偏僻的地方来帮助父母经营这样一个小店?经过我们的询问,原来,老王夫妻来到这里已经有七年多的时间了,刚开始王琴是留在了四川亲戚家继续念书,父母每年把钱寄回老家,但是老王两口子七年多就回去了两次,回去待了不久又要回藏区,这样一来,王琴根本就无心念书,因为太想念父母，甚至产生了厌学情绪，学习成绩也一直上不去，老王夫妻考虑了很久，还是决定如了王琴的愿，让她来跟着父母。这样一来，孩子的学业也就成了一个句号。我是从事教育事业的，看到王琴这样我觉得心里非常难受，她这个年龄，应该是坐在教室里跟同学们一起学习的。穷了教育就等于穷了后代，像王琴这样的例子，提醒了我们的教育工作者，应该把教育工作做得更好、更细，更要注重孩子的心理引导。

我们都在劝说老王，让孩子回去念书，老王却说她念到初二实在念不下去了，也不想离开父母。带着遗憾我们离开了那里继续今天的行程，可我心里一直放不下这件事情。在回去的路上，我们又专程再去了那个小店，给王琴送去了一个收音机，让她多听听外面的东西，另外嘱咐老王两口子，尽量让王琴回去念书，我也可以尽自己的力量为她做一些努力。

下午我们到边防某团，这里的条件很苦，海拔高不说，周围还没有什么人烟，用电都是从几十公里外的乡里接过来的，到了冬天还要自己发电。他们的边防连队离团里很远，最远的地方在海拔五千米的山上，每年冬

王 琴

季那里没有多余的水，每天只能发两个小时电，那个连队的官兵过半年换防一次，每次换回来时，都像野人一般，长头发，满脸胡子，晒得乌黑。

因为这两天去边境的路上有一些地方出现了塌方断路，我们没能如愿去边境连队。我们留下了一些书和光盘，还专门给那个守卫边境的连队带去了十台收音机，希望能够填补一些他们的寂寞。

晚上六点多我们回到了山南，由于昨天晚上我睡得太少，今天一天又一直在高海拔地区活动，现在脑袋感觉有些晕，但每天的经历还是要写出来给大家看的，明天我们就要进入拉萨了。

2009 年 6 月 3 日晚写于西藏山南

后记

　　本来没打算出版这本《行走记忆》，因为这四十年留下的文字都是给自己的。一次偶然的采访，让我改变了想法。那天《新京报》的记者来办公室，在采访中我谈起了十几年前在阿布洛哈村与阿聪尔聪的故事。阿聪尔聪是一位麻风病治愈者，六十五岁的他身体残疾，一辈子没有结过婚。为了不把病毒传染给更多人，他自愿一个人到深山里隔离，住在四面透风的茅草房里。我给他拍了他有生以来第一张照片，照片里他光着身子。临走前我把我的备用衣服送给了他，他笑得很开心，我们也因此成了好朋友。后来，看到村里几十年都没通电，我专门从成都带了手电筒准备送给他，但是到了村里才知道，半个月前他独自走夜路摔下了悬崖去世了。

　　我讲到这里，《新京报》记者非常动容，看得出他在强忍泪水。我停下来，不敢看记者的眼睛，故意转身去拿水，转移视线，怕自己也忍不住流泪。两个小时后记者走了，但那一天一夜我脑子里全是这十几年过往的人和事。

　　第二天上班途中，突然接到一位90后年轻人的短信，她说一口气读完了《生命的力量》这本书，才知道自己有多幸福，想请我在书上签个名。我到办公室后，什么也做不了，只是望着窗外那片阴灰的天，想起了清华大学电机系的研究生杜爱虎。他是在网上看到了我讲述的吉嘎老师的故事才来到四川。吉嘎老师一个人在雪线上的学校坚守了二十七年，在一次探访中，我拍摄了一张吉嘎老师在国旗下的照片并传到博客里。杜爱虎看到了这张照片并把它下载下来，拿着这张照片，从北京一路来到四川，找到了康定，找到了那所海拔四千米离天最近的学校，接过了吉嘎老师的教鞭。杜爱虎在那里一待就是近五年，他的行动又影响了三十多名大学生陆续到那里支教。后来他回到成都嘉祥教育集团工作，如今仍然在阿坝州的小金县支教。

还有在大连海关工作的刘克训，也是在网上读到了我写的故事后，一个人独自来到了布拖县，找到了小沙作。当时沙作只有六岁，是一名孤儿，他把她带回了大连抚养，让她接受好的教育。十余年来，他在凉山共收养了十几名孤儿。

我与钱智昌的交往过程是最让我感动的。人一旦倔起来，天都没办法，钱智昌就是倔起来的人。他是一位残疾人，几十年来，他在苍凉的大山里靠着几乎没有手指的"手"，没有脚掌的"脚"，做出了四肢健全的我们想都不敢想也不会想的伟业。他用嘴播种，收成玉米就有二十余万斤；他用腿跪爬走路、种树，不仅能够自给自足，还有余钱借给乡亲救济；他从青年时代就再也没有站起来过，但他比我们都"站"得更挺拔、更高、更称得上是男人。钱智昌有两个心愿，一个是去北京天安门前看升国旗，一个是七十五岁后去养老院，这两个愿望我都为他实现了。

还有许许多多类似的故事，这些故事都是我的经历。一个人一生很短暂，我有幸遇到了这些人和事，如果不把它们讲述出来，是一种遗憾。感谢大家阅读此书，也感谢为这本书奉献出自己故事的人们。

2020 年 12 月于成都